狗与
花椒树女王
口述史

王静文 著

You Are My World

北京联合出版公司
Beijing United Publishing Co.,Ltd.

图书在版编目（CIP）数据

狗与花椒树女王口述史 / 王静文著. — 北京：北京联
合出版公司，2019.3

ISBN 978-7-5596-2840-4

Ⅰ . ①狗… Ⅱ . ①王… Ⅲ . ①长篇小说－中国－当
代 Ⅳ . ①I247.5

中国版本图书馆CIP数据核字（2018）第278691号

狗与花椒树女王口述史

作　　者：王静文
产品经理：卿兰霜
责任编辑：孙志文
特约编辑：刘丽鸿　王周林

北京联合出版公司出版
（北京市西城区德外大街83号楼9层　100088）
北京联合天畅文化传播公司发行
天津光之彩印刷有限公司印刷　新华书店经销
字数156千字　880mm×1230mm　1/32　印张 8
2019年3月第1版　2019年3月第1次印刷
ISBN 978-7-5596-2840-4
定价：42.00元

For Lizzy

目 录

楔子

　　我是一条纯种的瑞士牧羊犬，叫"泰山"！

　　当然，我还有很多小名，这些名字因为她变幻莫测的心情而异：宝贝、疯狗、甜心、帅狗、坏蛋、神犬、乖狗、好孩子、捣蛋鬼、淘气包、天杀的、胆小鬼、我的妈呀……不一而足。

　　从这些名字，你可以知道，人类的情绪，特别是女人的情绪，比狗狗复杂混乱多了。而我其实是一只极为简单的狗：吃、睡、玩。这三大要旨是我狗生的全部追求及意义。作为一只狗，我恪守最重要的一项原则：她是我的主人，他是我的玩伴。所以，有时候，极为无聊，我只会去解开他的鞋带，或者用牙齿和他的脚后跟交流，以催促他和我一起玩耍。但是对她，我只用眼睛而不用暴力。我这么做，是因为我爱她。

　　我爱她，这种爱，是你们人类的理解力远远不能抵达的。

　　我知道"坐下""趴下""过来""吃饭""尿尿"等初级指令；我也知道各种中级指令，如"握手""待着""闭嘴""翻滚""出去""叼过来""爬过来"；我还知道另外一些高级指令，如"擦擦"——进门前摩擦地上的垫子，发出声响，以让垫子高兴；"关门"——进门后用双腿搭在门上，使劲一扑，发出"嘭"的一声，以让门高兴；还有"眨眼"这种顶顶高级的指令，在我的她需要做出判断的时候，我需要眨不同的眼睛来表达我的意见，以让她高兴。

对于高级指令的执行情况，完全要看我的心情，如果那一天我吃好、睡好、玩好了，大抵都能顺利完成，因为我除了能准确无误地通过人的眼睛、语气、表情和身体语言感知人的情绪外，也有自己的情绪。

最重要的是，我还知道我的宿命。

第一部

死于春季

◇ 一 丁

我婆婆在我们结婚六个月后自杀身亡。

已经持续了六个月的新婚蜜月生活，没有如我所愿地继续下去，甚至没有遵照常规物理运动规律——逐渐减速，缓冲，最后缓缓滑行，再停止，却是在某个清晨一通电话之后戛然而止，没有暗示，并无前兆。

《圣经·旧约》提到，身体发肤，皆是上帝赐予的，人是上帝创造的，只有上帝才有资格收回。自杀的人，按照犹太教的规定，只能被埋在犹太墓地的院墙外。

我婆婆是纳粹大屠杀幸存者，为什么她能从堪比地狱的集中营存活下来，成为一大家子中的唯一幸存者，却不能面对现世的生活？这可能成了一个永远也解不开的谜。

我的新婚生活，很快就陷入了另外一个谜：我婆婆自杀后，我和他，我们一起，用了三个月的时间，证明他完完全全阳痿了。

◦泰山

在我们仨生活的这个窝里，有很多事情，都不公平。

我一天只吃两次，他和她吃三次；我只能躺地上，他和她却躺沙发上；他们能指挥那有四个轮子的铁家伙带他们出去玩，有时候带上我，大多时候不带；我夏天不用床，冬天睡在垫子上，他和她总睡在一个房间里，这房间的门有时候开着，有时候关着，开着的时候，只要我一进入，就会收到"出去"的指令——意思是那房间里不需要我。有一系列的"指令"，在我一岁以前被她植入了我的大脑皮层：那时候，她每天和我玩三次，每次十分钟，她不断地重复这些指令，如果我行动正确了，就会获得一颗我超级喜爱的鱼丸，鱼丸成了我的魔咒——过了一段时间，我的耳朵密谋我的身体，一起背叛了我，它们对她给出的指令形成了条件反射。

作为一只四条腿的狗，在这个人类主宰的世界上，我有很多疑问：为什么我不能一天吃三次，并像他们一样坐到椅子上？为什么我只能躺地上或院子的草坪上而不能躺沙发上？为什么我的爪子不像他们的爪子一样，可以握着那个圆圈，指挥那有四个轮子的大大的铁玩具，滚到我想要去的地方？为什么我们不睡在一起，而是他们睡房内，我睡客厅……

仔细想想，种种不公，都是小事，另有件大事，让我抓狂：有时候，半夜从他们睡的窝里传来女人忽高忽低的惨叫声——狗从来不撒谎，那次她穿着细高跟鞋，踩了我的尾巴，钻心的疼痛也没让我那么抽冷气。女人用各种高低音刺激我的耳朵以后——这耳朵比人类灵敏几万倍——他总会号叫一声作为结束。

恐怖的声音之后，忽然就安静了，就像我生活在几千年前的先祖所能感觉到的密林深处暗夜里的安静——别问我为什么会有这样的感觉，我的皮毛依然能感觉到旷野里自由的风吹过黑夜，我为自己的纯种血脉相传而感到自豪。

作为一只狗，我会时不时地做梦。我的梦境里大多是带肉的骨头，偶尔会有追猎的战栗快感，最讨厌的是梦见那只灰色折耳猫，因为它总是轻而易举地上树、翻院墙、爬房顶，到达一切我不能到达的地方，而且它还能轻而易举地进出我的领地，这让我抓狂，所以我梦见它的时候，表现的症状为白色眼珠乱转，四肢痉挛。

一开始听到她惨叫的时候，我以为是她在做梦，但随即确切地知道那不是梦，是因为除了听觉，我还有优异的嗅觉：她哭叫完，到他号叫的时候，我会闻到一股汗味加另外一种奇怪的气味透过门缝飘散出来。

她刚开始悲惨哭叫的时候，我总冲上去，试图救她，可无论我怎样抓门、怎样急乱狂吠，门就是不开——门究竟算什么东西？不得而知！总之，它是世界上最扯淡的东西了，因为它阴险狡猾，阻断你的视线，却不能隔绝你的听觉和嗅觉。要是栏杆或者围墙，甚至荆棘，对我来说，就不是问题了。

这算什么？我们仨生活在一个窝，本来就是一个团队，要互相保护，他们怎么能不让我尽职，做我应该做的工作？

　　女人每晚和我说晚安的时候，我都用眼神乞求她：求你今晚别哭叫，要是你那么害怕，就开门让我来保护你。可是，女人看不懂——为什么我如此深爱的她会看不懂我的眼神？这真是无解的难题，人类喜欢不断地说话，而我一辈子都在无声地教她和我的眼睛以及身体语言交流，这才是交流的最高境界。她打着哈欠，吹给我一股薄荷味，说着晚安，低头来摸我的长鼻子，讨厌的头发散下来，还散发出刺鼻的气味，落到我的眼睛上、耳朵上，痒痒的。他和她的身上，总是有各种奇怪而变化的气味，他们明明鼻子不够灵敏，却要把气味这件事情搞得那么复杂，完全是自找麻烦！

　　而我，虽然有灵敏异常的鼻子，但是我的气味总是不变的，我为此骄傲。还有一件让我顶顶烦恼的事情——他们一定要互相发出各种声音，好像不能白长了耳朵和嘴巴，他和她，他们俩都说话，说不少的话，这件事很愚蠢，要是有一天我开口说话，那才真是自降身份！

　　他经常会失踪一段时间，然后又回来找我们玩——我知道他是独自出去玩了，每次他回来，身上都有不同的人留下的千万种气味——他消失后来找我们玩的第一晚，她必哭叫，他必号叫。

　　他不撇下我俩独自出去玩的时候，总是起得早，归得晚。她常睡到太阳透过窗户照到我的屁股，总要等我进她的房间，用我的长鼻子拱开一层讨厌的毯子——她为什么不像我一样，长满漂亮浓厚的白毛？这样，虽然夏天会比较热，但是冬天一点也不冷——舔她的脚丫子好多次，她才会起床。我舔她脚丫子的时候，她有时候一动不动，有时候咯咯乱笑，有时候会踹我的鼻子，喉咙咕噜噜地发出声响，我知晓那道没有被清楚发出声的指令是"出去"——房间里不需要我。

早上去舔她的脚丫子是一件值得期待的事情，因为我喜欢极了她脚丫子的味道！

那天是例外。太阳刚出来不久，他从那个我不能进去的房间里出来，手里拿着那个黑色的小盒子样玩具——那样的玩具，她和他各有一个，她和他都异常喜欢它，经常长时间地抚摩它，胜过抚摩我，但是他们一直不让我碰，我一直想尝尝它的味道，即使并没有闻到什么特别的味儿。当时他几乎没有说一个字。几分钟后，他们俩一起离开了，半夜三点才回家！我守望了一整天，非常愤怒：那是第一次，我们仁在一起以后，他们一起出去玩这么久，却没有我的份儿！

当然，这中间，我也很忙：先在院子里赶了十回猫，对着墙外经过的狗狂吠了七次，然后刨了五个坑，撒了三泡尿，最后咬断了两根塑料管子，对了，还拉了一泡屎。我的水盆早已滴水不剩，而我饥肠辘辘。

他们回到家，男人立即进了洗手间，女人居然忘记抚摩我！要知道，我们仁之间有不成文的规定：早起、晚安以及外出回来，都要互相热情地抚摩，表达问候与想念，我的尾巴还会不断地摆动——他们俩不长尾巴，是个天大的错误。狗的尾巴除了摇动表示喜爱，还有其他很多用途：比如内疚的时候垂下，夹在两腿间；兴奋的时候是上翘的；剧烈奔跑的时候也是上翘的——剧烈奔跑总让我兴奋——但是如果忽然想停止，就可以打圈减速，这种减速方式完美至极；如果是在上坡的时候，尾巴是左右摇摆的，这时候不是为了取悦谁，而是要保持身体的平衡……

她除了忘记抚摩我，还忘记给我加水、加食，直接坐到沙发上。我先是用眼睛盯着她，无果，再用舌头舔她，还是无果，最后我的喉咙发出些抱怨，依然无果，我开始用牙齿去咬她的脚后跟，这是我能表达的最强烈的抗议。女人用旧有的伎俩，罚我坐在角落，并发出"待着"的指令。

我重重地把自己摔在女人面前的地毯上，长叹一口气。有时候她很在乎我，在我叹气的时候会问："宝贝，怎么啦，你需要什么？"但是今天她只是闭上了眼睛。我重重地趴在地上，把头搁在我的前腿上，这时候我听到那只灰色的折耳猫经过客厅门前的花台——我已经筋疲力尽，明天一定要好好收拾这个不知天高地厚的东西！

那晚我做了噩梦，梦见那只该死的灰色折耳猫变成了六条腿，飞檐走壁，甚至能通过百叶窗的缝，像水一样悄无声息地溜进我的领地，吃完我的食物后，再像流水一样从百叶窗的缝里溜出去，离开我的领地前，它甚至在院里的碧根果树下撒了泡臊尿——这是疯狂的挑衅和粗暴的侮辱。这只流氓老猫，我要先用我的梅花大爪扑倒它，然后用我上下交错的利齿死死地咬着它的脖子，左右猛烈摇摆，直到它毙命才会罢休。

　　那晚，她没有哭叫，他也没有号叫，这不奇怪，他们可能像我一样，一个星期会做两次噩梦，不知道他们不做噩梦的时候，会梦见多肉的牛骨头还是香喷喷的鸡肉条小吃。

◇ 一丁

葬礼举行的那天，是我认识他后第一次见到他的妹妹娜塔莉，她面无表情，深不可测。黑色头巾裹着头发，更突出地映衬了她脸上雪白的皮肤，她有和他一模一样的高挺鼻子，宽大墨黑的太阳镜牢牢地挂在鼻梁上，像是白色骷髅上的两个黑洞。我们刚在一起的时候，我喜欢去摸他的鼻梁，心里满是喜悦！他能说的第一句中国话是："我，大鼻子。"我不厌其烦地纠正他："不，是高鼻子。"

我也戴着墨镜，站在他身旁，在一群高鼻子白皮肤着黑衣戴墨镜的人中间，我滑稽地感到自己的不伦不类，浑身燥热，那种不合时宜，好似冬天的厚毛毯被尴尬地暴晒在夏日的烈阳里，这让我的悲伤也因此打了折扣。

该娜塔莉发言了。她手里拿着一张折痕很深的纸，还能看到指甲缝里卸掉红指甲油后的残痕。她高高地站在晴朗的天幕下，有两分钟无法开始，两个黑洞的角度，在我看来，是盯向他的。

他一开始也看着她，然后往我这边靠了靠。我像是那块燥热难当的厚毛毯忽然找到了阴凉的方向，也向他靠过去。

我零碎地听到娜塔莉尖而高的声音，试图刺穿宁静的午后，又仿佛因为用尽了力气，随时会碎裂，跌落。"大屠杀幸存者""家人""独自存活""罪恶感"这些词被重复地说出来，我感觉到他的身体在艳阳里轻微地打着战，然后忽然往另外一个方向站直了，我们中间多出的缝隙里吹过来穿过墓园成排柏树的地中海微风，立即卷走了他留在我身体上的温热。拉比叽里呱啦地说着什么，末了，人们应和着"阿门"。然后，拉比走向娜塔莉以及他，撕破他们的衣襟，娜塔莉开始抹泪。他则僵硬地站立着，那个沉稳锋利却对我无比温和的男人，此刻像被浇筑并冻住了一般，面无表情。

我婆婆的遗体，被纯洁的白布裹着，直接放入了墓穴，他对着一张纸，念叨着什么，众人应和着"阿门"。

娜塔莉用铁铲的背面铲了土，倒入墓穴，他用铁铲的正面再铲了土，倒入墓穴。然后周围的人都抓了土，加上去，离开的时候，每人捡起一块石头，放在坟墓前。

不伦不类的我，也捡起一块石头，放在那堆新土前。

◇ 泰 山

他和她下午一起回来了，不知道他们去哪里玩了，身上带着奶奶的气味。我以前在奶奶那里待过，她的窝里总弥漫着极具诱惑的甜鱼腥味。我知道，她并不特别喜欢我，在我和奶奶待的那些天里，她不会在见到我时和我互相抚摩，也不会和我说早安和晚安，但是我依然对着她摇尾巴——难道奶奶的眼神不好吗？我是一只雪白的瑞士牧羊犬，我的大尾巴是我整个美丽身体除了耳朵外最精神的部位，这个部位正在如此生动地表达我对她的感情，她为什么视而不见？！

奶奶给我添食的时候，总说："真是没用而浪费钱的东西！"我不知道那个"东西"是谁，我也不明白，为什么每次她给我食物的时候，就会提起"东西"，她不喜欢这个"东西"，这很明显。

她不快乐，我也知道。

我冰雪聪明，能从人说话的语气里，把他的情绪听得一清二楚。即使有时候我的她用"不，不，不"在说话，我也知道，她并不是说"不"，早上我舔她美味的脚丫子来叫醒她时，偶尔，她的"不，不，不"里是带着笑的；但是如果我正在咀嚼其他狗狗的便便以侦查他们的性别、年龄、爱好、吃的食物时（特别小的时候，嗅觉还没有发育完全，而经验也欠缺的我，为了确保获得完全正确的判断，会情不自禁地咀嚼那些便便），我的她说"不，不，不"就是非常严厉的了，不听的话，后果会相当严重，会受到惩罚。说老实话吧，我是如此好奇，甚至有几次咀嚼了我自己的便便，还好她并没有发现，要是她发现了，就会叫那个愤怒到极点才会叫的小名——"我的妈呀"或者是"天杀的"。

奶奶总是不快乐，她心里藏着很多事情，我也知道，心里藏着很多事情的人，鼻翼两侧每天都会冒出油来，早上起来的时候口气有点奇怪的酸味——这种气味我说不上喜欢，不过很容易辨识。我认为她不够快乐的另外一个原因，是因为没有人和她说话，所以，她总是自言自语，每次坐在桌子前准备吃饭的时候，她都会举着双手，放在自己的额头，低声说话。说完了，她叹息一声，并不立即吃饭，而是会对着桌子旁的其他几个椅子说话，她说些什么，我不得而知，不过她总是重复说："为什么，为什么上帝没有让你们活下来？"

我特别喜欢她窝里微甜的鱼味，每次她吃那种鱼的时候，我都遵照我的她教我的方法：只有安静地坐着，才有可能得到一片他们桌上的食物，虽然我难以控制我的大鼻翼忽大忽小地翕动——如果吃不到，能大量地呼吸到那种微甜的鱼味也不错。

奶奶偶尔会在吃完饭以后，将吃剩的鱼皮丢到我的食盆里，并说："你怎么会喜欢吃这种波兰凉拌鱼？你应该吃她给你的那种讨厌的四川花椒烹饪出来的世界上最奇怪的食物才是！"真遗憾，她不知道，我不仅是一只纯种的浑身雪白的瑞士牧羊犬，在我的她的培养下，我还是一只有操守、有礼节的狗，递到我鼻子边的食物，无论多么美味，我都能控制自己不张开嘴，直到给我的人说"吃吧",我才会轻启牙齿,咬着那块食物的边缘以避免让口水沾到递给我食物的手指上。所以,她其实不用很嫌弃我的样子,将鱼皮丢到我的食盆里,她只要喂我就可以了!

至于那种四川花椒的气味,我不得不说,那是我的基因里没有的记忆:作为一只狗,我的祖先生活在瑞士,我的基因里带着对上千种气味的辨识能力,但是没有这种奇妙的花椒气味,所以,我的她第一次和我见面,将我抱起来的时候,我就闻到了她指甲缝里的花椒气味,我试图在基因库里搜索,无果。这让她独一无二,有时候我很焦躁,只要她把手指给我咬咬,甚至舔舔,我就能立即安静下来。

◇ 一 丁

　　我婆婆的头七，娜塔莉和他一起待在她的公寓里，接待为数不多的访客。我则试图让自己忙碌起来，提供吃的、喝的，得空溜回自己的家，宁愿和泰山待着，反正我不是直系亲属，不用撕破衣襟，我不在场大家反而都显得自在——有门铃的时候，总是得闲的我去应门，那些和我婆婆多年不来往的访客，在见到我的第一瞬间都会无法掩饰地一怔，以为走错了门，可是门上明明贴着吊唁我婆婆的白底黑字讣告，而且对着门的镜子是用布蒙起来的——犹太人在家人去世的时候，用布蒙起镜子，就好像他们不愿意面对自己一样；另外一种说法是，镜子能照见人的灵魂。

　　访客来吊丧，不用大声哭泣，倒像是参加一个安静的聚会，手里拿着喝的，有的还会吃些食物，同时试图与娜塔莉和他说有关我婆婆生前的旧事；说的时候，要得体地讲逝者的好品行，分享旧时光，同时尽量不引起伤感，如走平衡木一样，常有摔倒的顾虑，颇为尴尬。唯一的一次失掉平衡，发生在一个由菲律宾看护陪同着的老太太身上，她坐在轮椅上，一进门就紧紧地搂抱娜塔莉，颤抖着说："为什么，为什么她坚强了一辈子，却在最后的时刻……"话没有说完，人已经哽咽了。娜塔莉也立即抹开了泪，那菲佣转头求救式地看我，我却转头去看他，他站在窗户边，盯着窗外的无花果树，仿佛完全没有意识到屋子里两个女人的哭泣声。我有一瞬间的眩晕，忽然意识到我嫁给这个男人的时候，只认识他两周。

我尽量让自己忙碌着——将咖啡、茶、糕点、水果、沙拉甚至三明治摆放在厨房餐台上——有时候因为无处可去，就躲到洗手间用手机消磨时光。

我在的时候，娜塔莉和他几乎没有对话，他浓密的胡须如沙漠里盼望了一整个干季的野草，在第一场雨后极短的时间里就满满地覆盖了地表，这让他本来秀气的面庞忽然显得彪悍起来，加上忧郁的眼神，像一个颓废的男神。我一直喜欢他留胡须，但他则每日早起，兢兢业业地刮掉它们，说是为了不让自己看起来像阿拉伯人。

我看着他的胡须日日地长，心里居然日日地涌出渴求，这些渴求，在最不该的时段，奇怪地也像沙漠里雨后的野草一样疯狂生长。

◇泰山

　　我知道有什么东西改变了，因为我的她和他都改变了作息时间。作为一只狗，我在这个世界的时间只有十多年，又因为我的纯种血统，我的生命会更短一些，这不是坏处，生命不在长短，而在质量好坏。狗有质量的生活，是和各种"例行公事"密不可分的，比如他们早上起床以后，必须和我说早安，然后互相抚摩，最好是我能仰躺在地上，叉开四肢，前腿折叠，全身放松，以便他们用脚抚摩我最爱的部位：胸膛和肚子。这样的抚摩让我幸福得难以自禁：有时候，当我特别幸福的时候，通常是他们抚摩到我胸膛上的某一个点，我的右后腿会蜷曲，就像抽筋一样在我的肚子上前后抽动，幸福感如此强烈，我的牙齿必须参与表达——它们需要咬着点什么——所以，我总是咬我嘴周围的东西，冬天是鞋，夏天是脚，或者是他们的手指，以表示兴奋、感谢，不过他们经常会高度紧张地说："不，不，不。"所以我只好在抚摩停止以前，用我洁白的牙齿轻轻咬我自己身上的毛，这并不意味着我身上长了虱子，这是因为他们不喜欢我用牙齿轻吻他们的脚或者手表示幸福、兴奋。

　　早安以后，我需要出门。守护了他们一整晚，我喜欢在房子外面尿尿和拉屁屁——我的她和他商量，这个"拉屁屁"的指令必须用本地人听不懂的语言，所以，就用了四川土话，这么说来，我也算是双语狗狗了，哦，不对，应该是三语，"出去"是希伯来语，"过来"是英语，"吃饭啦"和"拉屁屁"是四川话，说实话，我为自己感到自豪。

一天里接下来的时间，还应该继续"例行公事"，她最好能和我在院子里疯跑四次，每隔一小时抚摩我一次，还有上午和下午两次小吃时间——最好不要用一小块饼干敷衍我，带肉的牛骨头是我的最爱，黄昏时候一次长途散步，晚饭以后再在院子里玩"你追我赶"的游戏，最后躺在她的脚上打盹儿，听她翻书的声音，睡觉前进行和早上一样的晚安抚摩，这样来结束一天，是我的梦想。

我的梦想，极少时候会实现，好多光阴都被虚度了。

当然，这些只是我梦想的生活，以前的"例行公事"是她总是在我们的窝里，偶尔出去，现在她连这个"例行公事"也不遵守，总是和他一起出去玩，偶尔白天回来一趟，而他还是像以前一样早出晚归。她白天回来的时候，即使我放平直立的耳朵，身体因为剧烈摇摆尾巴而左右弯曲，激情地向她奔跑过去以表示我的极度喜悦，都无济于事，她的抚摩相当敷衍了事。每次她或他回来的时候，身上都有各种气味，我可以肯定他们去了特别好玩的地方，见到了很多人，而且奶奶一直在那里，因为我闻到了她微甜的鱼腥味。

虽然奶奶从来不和我玩，在我和她生活的那些天里，她也从来不"例行公事"带我出去散步，只给我五分钟在楼下的草坪上尿尿和拉屁屁的时间，但是我还是希望他们至少能带上我，一是为了那一小块鱼皮，二是可以闻到很多人和食物的气味，这是一件有趣的事情，别忘了，我是一只非常好奇的狗狗。

不过我既然已经做出承诺，就会到死都遵守：那天她和他第一次找我玩——大概的年龄我已经记不得了，只记得我是母亲最小的孩子，我的童年就是在和那七个兄弟姐妹费力抢我妈妈的六个奶头中度过的。哦，对了，其中有两个还像生锈的水龙头一样，奶的流量非常小——她用双手搂着我的前腿，我的视力远不如后来，只迷迷糊糊地看见一大蓬黑发像毛茸茸的球一样耸立在眼前，但是我立即闻到她指甲缝里奇妙的花椒味：我从小就极端好奇，喜欢各种新鲜事物，这种妙极了的气味让我情不自禁地转头去啃她的手指。嗯，我还是承认吧，这个世界上，最美味的是鱼丸小吃，其次是牛骨头——最好不要一点肉都不带，有肉的牛骨头啃起来又美味又筋道，但是最最难以抗拒的，还是她的手指。从第一次见面开始就是这样，在我满足的时候、焦虑的时候、紧张的时候、幸福的时候，或者是他们用一把张牙舞爪的梳子梳理我的毛发而让我发狂的时候，只要让我啃啃她的手指，我就能安静下来——遗憾的是她的手指不如牛骨头耐啃，因为她总会龇牙咧嘴（这大概是跟我学的）抽冷气，什么时候她的手指能像牛骨头一样耐啃就好了。

她抱起我以后不久，就带上我进了一个干净整洁的大铁玩具里，在那里，我闻到了他身上的香水味，激烈地打了个喷嚏。他笑着说："上帝保佑你。"

上帝是谁？我后来总听到这个人，但是上帝从来没有出现过，上帝也不发声，没有气味，所以，我无法侦查到他，但是我总是不断地听到他们谈论他，不过还好，只要这个词不是

"待着""出去"或者"不，不，不"这样的负面指令就好了。打完喷嚏以后，我发现自己在那个大铁玩具的后座上，那是我第一次坐进这个他们叫"车"的玩具——虽然后来，我在车上一听到引擎发动的声音就激动得肌肉紧绷，因为那意味着要出去野外探险或者去找奶奶玩——我的绒毛屁股在皮质座椅上打滑，紧张让我的口水大量分泌，第一次离开妈妈，就如此精彩刺激，我禁不住呜咽起来。

大铁盒子这时候停了。她拉开后座的车门，坐进来，将我抱到她的膝盖上，用带花椒味的手开始抚摩我，从头到尾，跟我妈妈从头到尾舔我一模一样。同时她说："从现在起，我们仨就是一伙的啦。"

我看到他从反光镜里看着她，就像我妈妈爱我爱得不行的时候看着我一样，不过我妈妈看完我以后，会来舔我，而他没有舔她，所以我认为他不够爱她。

是的，从那一刻起，我就爱上了她的手，因为她指甲缝里的花椒味，并且，从那一刻起，我就认定，她将是我们这一伙的头儿，不管怎么样，我都会忠诚于她，听令于她，爱她。

所以，既然做出了承诺，我就只能接受现实：她和他总是出去玩，把我留在家里，我有些时候会心生愤怒，干些不能控制的蠢事，但是我的初心是不会改变的。

◇一丁

犹太人吊丧只是头七七天，头七一完，娜塔莉立即就飞回了智利，她的被撕破衣襟的衣服，留在了我婆婆的公寓里。

她起飞前给我打过电话，除了她讨厌的高音调的嗓音外，我只记得她说："请照顾好我哥哥！你知道吗？我难以相信，我母亲居然不能被埋在犹太人的墓地里，而是围墙外，这对我们犹太人来说，是一件恐怖的事情。"我暗自思忖，娜塔莉这样跟我强调，难道是她认为这件"恐怖的事情"跟我有关？

他在一周吊丧期结束后的晚上，站在洗手池前，目不转睛地刮掉那满腮的浓密胡须，变回那个清秀的男人，甚至比以前更苍白，眼神少了一份淡定，而多了一丝忧郁和疲惫。刮完胡须，他像以前一样，熟练地整理行装。

"你去哪里？"

"欧洲。"

"欧洲哪里？"

"我们结婚的时候，我告诉过你，我唯一的要求就是，我的工作你不能问……嗯，你知道的，主要是，我不能讲。"停顿以前的半句话，是公事公办的语气和表情；后半句，他试图加进些愧疚和苦恼。

"你不能告诉我你去骗谁？或者说是去给谁设坑吗？"我的前一个问句，用的是烈焰喷射的语气；后一个问句的语气，我让烈焰喷出后变成了美丽的烟花——我们结婚六个月，从来没有吵

过架，连脸都没红过，而我父母当初一天吵三次。就算蜜月戛然
而止了，吵架大概会是我在婚姻里永远也不屑使用的武器。

"对不起，我没有多少时间了。"

"我们得谈一谈。"我从后面抱着他。

"等我出差回来。"他抚摩着我的双手。

"多久？"我将头贴在他的后颈窝，从来没有这样与他难
分难舍过。

"七天。"——跟吊丧他母亲的时间一样。

◇ 泰山

　　我虽然喜欢"例行公事"，但是有时候"非常规"是惊喜。那晚，她进了睡房后，居然叫我的名字，我看见自己的毯子被放在了床尾。

　　我不太确定，冬天的时候，她很早上床，躺床上看书，有时候会在睡觉前省略掉"例行公事"的抚摩时间，而只是叫我进房间，轻描淡写地摸摸我的长鼻子，以作晚安。这一次，她却示意我坐到我的毯子上，并使用"卧倒"的手势指令。我谦卑地卧倒，内心窃喜，只怕她改变主意——人类有反复无常的毛病。

　　房间里有衣服、汗、香水以及蜡烛燃烧后的气味，这些对我来说，就是"家"的气味，如果再加一点"肉"的气味，就变成了"幸福的家"的气味。

　　我尽量安静地躺着，闭眼假寐，听到书页不时翻动的声音，也听到窗外那只灰色折耳猫翻过篱笆进院来的声音——这个老流氓，至少我一整周的大把白天时间都在院子里，它一步也不能靠近，更休想在我的领地里尿尿和拉屎屎。

　　我注意到书翻页的声音比往常大而频繁，这时，我听到她唤我的名字："泰山。"我立即坐起来，难道是要我执行"出去"的指令吗？人类真的是反复无常！

　　她把头搭到床尾，头发散落下来，几乎触及我的爪子。她温柔地用双手抚摩我的脸，以我最喜爱的方式：从双眼下方那一块，斜着往下，穿过我的唇吻，一直到脖子——我闭上眼睛，告诉自己，一天的守护是值得的！

"泰山。"她唤我，停止了抚摩。我睁开眼睛。她看着我的双眼说："现在，你来告诉我，他会不会相信，他母亲的自杀跟我没有关系？"

我讨厌玩这个"眨眼睛"的游戏，特别是在她这样充满爱意地抚摩我的时候，就像是一首舒缓优美的圆舞曲忽然被一声讨厌的类似关掉生锈铁门的"吱呀"声中断一样。

"如果他相信，你就两眼一起眨；如果他不相信，你就眨右眼，哦，不，就眨左眼，听到了吗？左眼。"她举起左手的食指，在我眼前晃动。

我喜欢接受挑战，有些是高难度的，比如如何控制自己十分钟，等那块带肉的骨头在自己的鼻子下变冷才开动——虽然赶紧吃掉它是一件那么让我心神荡漾、急不可耐的乐事……但是，老实说，这种眨眼睛的伎俩我从来没有学会，因为她有时候要我眨一只眼，有时候两只，有时候是左眼，有时候是右眼。首先，我对左右的把握不是很在行；其次，她在发出眨眼睛的指令前，会说很多废话：她虽然是我们这一伙的头儿，但是毕竟不是超智慧的，如果她说少一点的话，全部用手势，就离超智慧不远了。

聪慧的我，很快就找到了解决的办法：如果眨一边眼睛她不喜欢，我就眨另外一边，如果这样她还是不喜欢，我就两只眼睛一起眨，她有时候会开心地抱着我轻吻，有时候会说"不算，不算"。我不知道"不算"是什么意思，只是尽力眨眼睛，眨到她高兴为止。

　　这晚很幸运，除了被邀请进房间，我一次就眨对了眼睛，被她一把抱着，搂进她散发奇怪气味的头发里，接着我闻到她脸上的水的气味，那水有些落到我的脚上，我舔了舔，咸的。

◇ 一丁

我们结婚六个月，他几乎每个月都出差。

结婚以前，多年一个人生活成为习惯，忽然嫁了人，与他朝朝暮暮地在一起，对我是一种束缚，所以他出差，我虽有些不舍，但骨子里欢喜有大量独处的时间，独处让我觉得自己依然能信任和依靠自己，我还是那个我，是独立而强大的，独处是这些年来最有效的生命充电方式。

况且我有泰山。

泰山在冬天就像一块永远不用充电的温暖白色毛毯，而这块毛茸茸的毯子是可以随时移动的，只要我唤一声"泰山，过来！"，它就会依偎到我的脚下。夏天，泰山则因为炎热的天气，成了个多半时候温情脉脉，从不反驳的听众和伴侣。狗对人来说，最紧要的一点是，它们不会背叛，而且会静默长情地陪伴。大个头的泰山，蜷着四肢，打着呼噜，像个婴孩一样，躺在我身旁睡觉。然而我稍有动静，它便跳起来，好像我是它的全部世界，值得每一分每一秒的关注。

那晚我做噩梦，梦见我婆婆，她坐在我们客厅饭桌前的椅子上，死死盯着我们的睡房门：我和他，在我们的床上，性趣正浓。我忽然惊觉她的存在，前一秒诧异她怎么会在我家里，下一秒意识到一周前我们刚埋葬了她，随即浑身陷入僵硬，这时候感觉到手上湿漉漉的，全是她流下的泪水……我挣扎着醒过来，发现泰山正在舔我的手——它一定是感觉到我做噩梦了，所以要来宽慰我，我连滚带爬地跌下床，紧紧地搂着它。

半晌，我打开睡房门，客厅里的椅子还是饭后推回到原位的样子，并没有动过。

◇ 泰 山

他总独自出去玩，不带她，不带我，有时是一个星期，甚至会是三个星期。他不出去玩的时候，一周里总有两天，不用一早出门，这样的早晨，我有两双脚丫子要舔，她的味道美极了，他的也不赖。他们总是一起起床，在我的催逼利诱下，会讪讪地一同带我出门。他们漫不经心地走路，说很多废话，这些废话会带给她好心情，因为她有时候会哈哈大笑，那时候，她的鼻翼两侧从来不会冒油。

我喜欢这样的散步，她和他都在，让我更有家的感觉，毕竟我们仨是一伙的，她身上有神秘的花椒气味，大部分时间可以从他身上闻到一种森林里树木的气味。我对他们的废话并不感兴趣，一路上嗅着昨夜猫和狗留下的踪迹。

那是我们仨的幸福时光。

虽然我们仨是一伙的，但是我知道她是我们这窝里的头儿，他则是我的玩伴，她管吃管喝管睡觉，还管各种"指令"，如果是他要用她的指令，就得看我的心情，若是那天我是很"例行公事"地度过了一天，通常也会配合他的指令；如果那天心情不好，他发出的"指令"就会转弯而不会直接到达。她会说："哈哈，你看，你的指令无法到达，因为你只是泰山的主人的丈夫。"他会说很多废话，以示抗议。我不知道什么是"丈夫"，我只知道，他是我的玩伴。反正他也经常撇下我和她，自己出去玩。

他每次回来，第一件事就是把浴室搞得乌烟瘴气，然后脱光衣服消失在雾气中。为了表示欢迎，我一边像白色的绒毛毯子一样躺在蓝色的洗手间地巾上，守着他，等他重新出现，一边闻着各种熟悉、不熟悉的味道随着水流像抽丝一样滑进下水道。我说过，我有强烈的好奇心，我经常能从那些和水一起流入下水道的气味里闻到很多人的气味。等他开了浴室的门，我就拿我的黑眼睛看着他——我要让他知道，我的她鼻子不好，我的鼻子可灵着呢。

他从雾气里重新走出来，总用脚赶我——他也喜欢那张蓝色的地巾。通常，我会挪挪身子继续守着他，因为我要看看他是不是会告诉我，他撇下我和她，独自出去玩，究竟是为了什么。

他有时候说："你想我没？"我通常会在这个时候摇摇我的尾巴，表示同意；有时候我会眨一下双眼，然后摊开四肢，背部着地，将前腿弯曲，等他补偿很多"抚摩"——我发现她和他通常都不能拒绝这一招，他们总会幸福地叹息一声，说"你这个爱撒娇的宝贝呀"，然后在我胸部和肚子上挠痒痒；有时候我没有被他蛊惑，就会一动不动地用我的黑眼睛盯着他——要是他的眼睛和我的眼睛一样，我就能读出里面的信息。他通常读不懂，只会说："怎么！你想我了？"

现在，他不在，我居然能被邀请进房间睡觉，说明我的地位上升了一步，他在外面玩够了再回来的时候，也许就只能在外面睡了。

◇一丁

无法调色，无法握笔，无法把脑子里的杂念和问号赶开。丢下画笔，带泰山去海边散步。

他当初跟我认识两周后，忽然求婚，我先惊后喜，再而怕，彷徨着不知如何做出决定，便说："让我们先谈谈恋爱吧。没有恋爱，直接结婚，就好像没有细细品味，而囫囵吞枣地吃一种美味的东西，实在是暴殄天物。"

"我们可以先结婚再恋爱，你可以一直度蜜月。"他两眼放光，一只手拉着我，另外一只手捏着闪亮的钻石戒指。

"你也需要时间想想清楚吧？"我依然笑颜如花地盯着他。

"答应吧，答应吧，你是我的灵丹妙药。"

我后来很少看到他这样"失态"，他的生活常态是冷静、缄默，所有的言语都藏在犀利的双眼里。

"灵丹妙药？你得了什么病？"我偏头问他。

"得了离不开你的病。"我们前一晚有完美的结合，他双眼依然放着狂乱的光芒。

"你知道我是谁吗？你确定你要这样一个妻子？"我在我们那个美术圈子里很有名，但是他未必知晓。

"我知道，我知道，你是我的灵丹妙药，我只知道这个就够了。"

"我过去是一个裸模！嗯……"我故意停顿着，等他消化这个单词，见他依然两眼放着狂热的光，我继续说，"你知道什么是裸模吗？就是裸着身子，在大庭广众之下，让人拍照，或者画画，他们……嗯……绝大部分都是男人。"

"我知道。"他眨一下右眼，我这时候注意到他的左眼角轻微下垂，有一种说不出的性感。

"你知道？"他仅仅认识我两周。

"我知道，你这么美的身体，是一种艺术。"他的眼睛告诉我，他没有撒谎。

我将左脸侧向他，保持三十度盯牢他——这是我最美的角度，以前那些摄影师说的，虽然他们很少拍我的脸——裸体站在男人眼前的时候，我可以不费吹灰之力看懂那双眼睛里是纯粹的欣赏还是伪装好的猥亵的渴慕，即使它们有时候躲在相机之后。

"请你嫁给我，我知道这很疯狂，我们只认识两周。但是，你必须做我的妻子。"

"明知疯狂你还要这样做？"

"这是一个疯狂的世界，你知道吗？我从来没有做过这么疯狂的事情，但是我疯狂地知道，这是对的。"他眼里的狂乱被慢慢升起来的湿润柔情包围并覆盖。

我紧紧盯着他的眼睛，把手指伸出去，说："好。"

他拉着我的那只手，将我往他怀里拉，另外一只手往我的手指上套戒指——我做过各种各样的梦，星空中飞翔、地狱里行走都有，被人求婚却从来没有在我的梦境里出现过。

他忽然停顿，说："等等。"

"这么快就后悔啦？！"我笑着说，很高兴自己开始湿润的眼睛里未来得及掉出泪来。

　　"有一件事情，你必须知道，如果我现在不告诉你，这对你不公平。"他盯牢我，眼睛一眨也不眨，柔情和疯狂都消失了，"我的工作，是一个秘密，而你不能问，可以吗？"

　　"秘密？"

　　"就只这一件事，是我的条件。"

　　"为什么？！难道你做间谍不成？"只用三秒钟，我就惊愕地从他的眼睛里发现，这不是一个玩笑。

　　"你很聪明。我的麻烦是，除了你不能问，我还不能配合你猜。"他咧开嘴笑，随即敏捷地将戒指套到我的无名指上，然后将我的手举到他的唇前轻吻。

　　在他的怀里，我脑子里转着千万个问题。他深吸一口气，嗅着我耳鬓的头发，说："你过去干什么，跟我没有关系，从今天起，你是巴拉克太太，这跟我有很大的关系。"

◇泰山

每次我们去大海的路上，我都能预知，因为从很远的地方，我就能嗅到海水的气味，感觉到海风的方向。我坐在车后座，头伸出窗外，风把我的眼睛吹得几乎无法张开，还有我大大的竖立的招风耳，被风紧紧地压在头上，我的下唇吻也会在风中轻微扯动——我当然不会像狐假虎威的大丹犬一样，除了长着一对恐怖而不可爱的耳朵，这些家伙还淌口水，坐车的时候，他们就做不到像我这么优雅，风总是把他们的下唇吻吹得左右乱晃，口水乱飞。

我很喜欢海，那里总有清新的空气和柔软的沙滩。我可以在海边追逐海鸥——要是我有翅膀，我一定会翱翔在天空，像我的她睡房里挂着的那匹有翅膀的白色骏马一样，在蓝天白云里自由飞翔——我也激动于和那些忽高忽低的浪花对抗，它们总是聒噪地发出声音，带着海的腥味，成排地袭击我的她那赤裸的双脚。可是我一对它们下口，这些装腔作势的家伙马上就碎了，或者立即撤退回海里，不过它们精力无穷，立即卷土重来。我才不会害怕它们呢，总对它们穷追不舍。

那天，我第一次碰到"如雪"。真是的，如果在我们这个地中海岸边的小镇里有一只狗叫"如雪"的话，那除了我，还会是其他的狗吗？我才是浑身上下白如雪呀，即使有一天我的她说"泰山，亲爱的，你有两根黑毛"，那也完全是可以忽略不计的，因为我可能有几十亿根白毛，两根黑毛算什么？！话又说回来，"如雪"这个名字，实在有点女气，不适合我这样雄伟的男狗狗，"泰山"不错，响亮而高大。

"如雪"实际上是一只混种的拉布拉多，她老远看到我，就伸直前腿，放低腰，低下头，搭在双腿上，一副狐媚状邀请我玩。我老远就看到她，不过因为忙着将我主人的双脚从浪花的袭击里解救出来，所以，一直无暇顾及。等到终于到了"如雪"跟前，她还在激情地摇尾巴，毕竟我是一只纯种的受过教育的瑞士牧羊犬，所以，我只好上去和她打招呼：她虽然不配叫"如雪"，不过她身上的气味让我有点不能自持。她一心想玩，而我完全被她的气味吸引，只追着她的屁股嗅。她忽而将屁股坐到沙上，忽而冲入海水，软塌塌的耳朵垂在头颅上，海水打湿了她奶白色的毛发，让她的线条很柔和，同时又显露了她漂亮的肌肉，这让她看上去有一种温柔中带着野性的美。我也冲入海水中，我们追逐亲吻，直到回头时看到我的她已经走远。

我追上她，看到她赤裸的双脚并没有被浪花吃掉，才放下心来。她看我一眼，说："泰山，你是不是应该交女朋友了？"

我摇摇尾巴，眨了眨眼。

"我告诉你，你可不要太投入，最好是先好好恋爱恋爱。"

我听不懂她说话的时候，会把大耳朵竖得直直的，头会随着她的声波忽而左，再而右，试图弄清她是否在发出指令。

◇ 一丁

他出差的时候，会用手机发短信报平安："今天在巴黎，生意进展顺利，希望泰山会好好地照顾你。""周末愉快，布达佩斯下雨了，甚是想念，下周三能回。""有家卖自制辣味香肠的餐厅在布拉格的老城广场旁，你应该什么时候来尝尝。"……

我从来没有抱怨过这样的生活，他实现了他的承诺，我们一直处于恋爱的状态。结婚这六个月，他不断地出差，小别让我感觉到自己还像个单身的女人，每次他离开，我都能成功画好一幅我想要画的画，实际上，我的产量不错。

离开中国，和他来以色列以前，我偶尔会卖出去一张画，我靠这样的卖画钱，努力过不打折的生活，如果经济出现问题，就会客串一下老本行。没有客串，也没有绘画激情的时候，我去老友阿呆的咖啡店里帮忙。

有时候客人点餐，指着墙上的某一幅画，没话找话地对我说："这幅画不错，有些意思。"

"是吗？"我会问，等着他讲出点"意思"。

"嗯，对，有法国印象派的风格。"他说着，递给我钱。多半时候，那幅画都和法国印象派不沾边。

阿呆会忽然冒出来，说："这幅画，是这位才女加美女的杰作。"说的时候指指我，并自顾自地点头，颇有说服力。客人多半会愕然，说不出一个字。有些反应快的，会夸张地说："哎呀，真了不起，果然是美女加才女。"并不忘记竖起大拇指。

"不贵，五千块不到。"阿呆继续说，轻描淡写，好像五千块不过是一杯咖啡钱。我面无表情，找给客人零钱，说："谢谢惠顾。"

"确实不贵，确实不贵，"客人说，"真是才女！"离开前，还回头看我一眼。在等餐食的时候，他又会仔细地看看画，看看我，如果他飘来扫去的目光无意在空中拦截了我的眼光，便会立即给我伸出大拇指，或者抿紧嘴，做严肃认真状对我轻微点头。

这样的情况不多，不过，如果发生了，有一半的时候，这个客人会在离开的时候买下那幅画，前提是他开着豪车，穿着名牌服装。然后，他会时不时地再来光顾阿呆的咖啡馆，阿呆称这个为"美女加才女效应"。

我那时候，做很多梦，其中最重要的一部分是，有一天，我多少有些名气了，一幅画足够我简单但是不打折地生活三个月，去外滩那家著名的"老上海"画廊和人接洽办画展的时候，对方能非常高兴地接受我在那里开画展，而不是挂着职业性的笑容，和我提一笔我永远也无力亦不愿支付的赞助金。

这一次他出差，我一整个星期都无法把合适的颜色调试到恰当的浓度，并放到恰当的位置。

◇泰山

下午的时光，我喜欢坐在西边的廊下打盹儿，廊前种的玫瑰花开得正盛。对玫瑰花的香味，我并不疯狂，只是因为躺在那里，可以在隐蔽自己的情况下，追踪到那只灰色折耳猫的踪迹。

每天早上，我的她打开门放我到院子里以后，我所做的第一件事就是冲向每个院落，检查那只流氓灰色折耳猫是否在我的领地留下了什么污迹。今天早上，我发现了更多踪迹，我怀疑我的领地被另外一只棕色母猫造访过，因为我发现了它的便便，这绝对不是灰色折耳猫的。为了确认，我甚至咀嚼了那坨便便，我可以肯定，它吃的粮食和灰色折耳猫的不一样。

通常，吃过早饭以后，我的她会冲一杯咖啡，往里面丢几颗花椒，然后在一张板子前站立近三个小时，这样的时候，她无暇顾及我。如果我想邀请她玩，比如拿鼻子蹭她的大腿，或者把球叼过去，扔到她的脚跟前，然后用眼睛示意她，她会看也不看我。如果我老赖在那里，她会说："讨厌鬼，去，一边儿玩去。"

这样说其实不好，怪伤人的，我也有自尊，玩不是顶重要的事情吗？能让大家都开心。

她站在板子前，手里拿着几根棍子——她从来不用这些棍子跟我玩"叼过来"的游戏，我能准确无误地叼住被她抛到空中的棍子，或者她扔出去的任何东西，多半时候是树枝，或者是球，然后叼回来给她。她一会儿向前一会儿向后地靠近板子，反复用棍子涂抹那板子。奇怪，我就在她的脚下，她可以抚摩我，我有雪白、温暖而柔软的皮毛，还会高兴地舔她，涂抹那板子有什么意思？到最后，板子成了一个大花脸，上面有各种颜色。她有时候对着这样的大花脸满意微笑，有时候对着它皱眉头。

这些天，她好像对板子的感情少了些，通常只涂抹一会儿，她就会扔下那些棍子，坐下来，叹气。我偶尔也会叹气。我叹气的时候，我的她要是心情好，会来问我："怎么啦，帅狗？"或者说："宝贝，你需要什么？"要是她心情不好，会说："讨厌鬼，你都不知道你拥有多么幸福的生活，你以为每只狗狗都像你一样，每天有人陪伴？"或者，她说："坏蛋，又怎么啦？"她不知道，叹气并不代表我不开心，我暗示过她很多次，当我半闭眼睛叹气的时候，其实是表示我满意极了；相反，如果我邀请她跟我玩"叼过来"的游戏多次未果，我的眼睛是睁大的，我的叹气表示我很无聊，也难过。所以，她叹气的时候，我观察她，她的眼睛是完全闭上的，这让冰雪聪明的我有点迷糊，既不是半睁，也不是全睁，这代表什么呢？为什么人类一定要把自己搞得那么复杂？如果她一定要把自己搞得那么个性，紧闭双眼来叹气，那么至少她可以像我一样，加上耳朵或者尾巴的动作来表达心情，遗憾的是她没有尾巴可用，要不然，我就可以综合判断了。

◇一丁

我坐在廊下，他为婚后我的第一个生日种下的三十二株玫瑰呈心形排列在客厅外廊前的花园里，玫瑰包含了以色列所能找到的各种颜色和品种，有四株粉色的爬藤玫瑰在屋廊的四根柱子上攀爬。

生日时，我们去了北部的家庭旅馆度假。两天以后回来，花园里忽然多出一个玫瑰园，以心形散开，中间最经典的九株暗红玫瑰，拼成我姓氏的第一个拼音字母，从那一刻开始，我天天等着玫瑰飘香的时候，设想我自己在这盛开的爱情玫瑰前画出充满灵性的画来。

现在玫瑰花开了，情况却完全不同了：他母亲自杀了，自杀前，我和她有过一次激烈的争吵。头七一完他就去欧洲出差，到了欧洲，本来一周的行程被延到两周，是他主动要求还是被动接受的，不得而知！

我一定要细细地跟他讲讲她母亲自杀前我们之间发生的那一次争吵，我相信他可以理解我。结婚半年来，我越来越相信，这场婚姻，几乎是奇迹，萍水相逢是一场无心的邂逅，两周后却演变成了一个狂热的承诺，婚姻以难以预料的速度翻开篇章，却奇迹般地契合我对两性关系以及家庭生活的标准。他是一个情报人员，在尔虞我诈的世界里磨炼了近十五年，他有过人的智慧和完全独立的思考能力，他能轻易剥下所有伪装，看到内核，他一定会相信我，并理解我，他一定会爱我如初。

我一直坐到黄昏，忽然有抽烟的冲动——和他认识以前，我偶尔会抽烟，却从来没有上瘾，结婚以后，一向叛逆、我行我素的我，变得乖巧，心甘情愿地不再买烟，因为我知道，他不赞同我抽烟，虽然他从来不说。

我们离开中国的前夜，我和我的熟人话别单身，阿呆酒醉，抱着我，紧紧地抱着，说："从今以后，你要收起你不管不顾的乖张任性，乖乖地做人妻，我知道你会幸福，一直都知道。"

在我喝第三杯茶的时候，他发来短消息："我母亲公寓楼下的邻居打来电话，公寓里有什么地方漏水了，请你过去查看一下吧，如果解决不了，直接把总水管关掉。"

我从来不相信鬼怪，虽然自从那天梦见他母亲盯着我们睡房看后连着醒来的三天早上，都鬼使神差地去查看客厅饭桌的椅子是否和我前一天晚上去睡觉时摆放在一样的位置。我婆婆的公寓在一栋五层的电梯住宅的四楼，每层只有一户人家，所以，老旧的小电梯直接通到各家公寓的门口。自从我公公在第一次黎巴嫩战争中阵亡以后，我婆婆独自在里面生活了近三十年。

电梯很小，仅容得下两个人，停靠四楼时的那声让人起疑的"咔嗒"不仅让泰山猛地一震，尾巴立即夹到两腿间，我心里也"咯噔"了一下，和它对望一眼。

房门的把手上还有些油渍——他说过，我有超级丰富的想象力——不难想象，这些油污，大部分来自谁的手。公寓里有股奇怪的人和物的混合气味，所有的设施都没有动过，还是她生前的样子。饭桌上有个已经快干透的苹果，像死亡一样呈现干瘤可恶的形状——很奇怪，我记得我们最后离开这个公寓的时候，已将这些可能腐烂的东西都清除掉了。

客厅地面是干的，她喜欢的塑料郁金香还一大把地插在角落的仿古陶塑料罐子里——房子里的各处都摆着塑料花，这些塑料花在我眼里，是她静默枯坐的时光里唯一的彩色，如此绚烂，却无生命的气息。电视柜上摆放着一些玩偶，我最喜欢的那对坐在长椅上的老夫妇身上落满了灰：胖女人在打毛线，戴帽子的男人叼着烟斗。我第一次来她的公寓，就自问，一个守寡多年的女人，如何能忍受这样一对祥和的玩偶老夫妇出现在电视柜中间最醒目的地方。

房间里非常安静，我看见她坐在沙发上，双目呆滞，手里拿着遥控器，不断地换台，而电视里跳动着诡异的画面，并没有声音。

厨房的地面也是干的，我打开所有的灯和窗，客人用的洗手间也没有问题。我最后不情愿地进入她的睡房，那是一间带洗手间的主卧。还好泰山一直紧紧地跟着我。她的衣柜是半开着的，里面堆满了衣物、寝具，好像她今天早上起床拉开后忘记关上一般，现在她床头挂着的她自己和我公公的相片，看上去就像标准的遗像——我试图跟自己开玩笑，立即意识到这并没有任何帮助。我总是这样，紧张的时候、不安全的时候，老是试图跟自己开玩笑，试图蔑视一切，以获得力量。我再看她一眼，脑子里闪出那次我们争吵时她的样子：她咬牙切齿，歇斯底里地尖叫："你没有权利，你没有权利！"

　　我很快发现，水来自主卧的洗手间浴缸上方的水龙头。我踮着脚，蹚水走向那个水龙头——忽然看到年老色衰的她躺在浴缸里，浑身淌着水，身上的皮肤因为时间的流逝和地中海阳光的拷打和照射而夸张地起皱，萎缩，像桌子上那个干瘪的黑苹果，她正一手拉着浴缸的扶手，另外一只手伸出去欲关水龙头，她那有很多老年斑的手臂上，触目惊心地显现着集中营里留下的那一串并不特别清晰的阿拉伯数字。我惊悚地停住了，无法往前，亦不能后退，可能是因为站在水里，冷气从我的脚往上冒，而泰山不在左右。

　　"泰山！"我惊唤，声音反而紧而嘶哑，几乎听不见。她在我梦里从客厅盯着我们睡房的面庞仿佛就在我的背后，我脊背发凉，完全动弹不得，虽然意识已经极速逃出了这间屋子。还好泰山应呼而来，像是对我无法动弹的身体进行了解锁，我转身冲出厕所，"啪"地撞翻厕所旁的一个纸篓，里面的几页撕碎的打印纸已经被水泡透了。

　　这时候门铃忽然猛烈地响起来，我和泰山都像受到了惊吓。泰山很快反应过来，冲过去，我也三步并作两步地往外蹿。一个满脸怒容且严重谢顶的男人像幅画卷"优美"地在门后展现——我对他的怒容视而不见，随即绽开一个笑容。他见我亚洲人的面容，先是一震，随后又茫然地看着我绽开的笑容停顿了几秒——他没有稳妥地接着我的笑容，就好像无名小辈在一个顶级的颁奖仪式上忽然收到一大把鲜花一样不知所措。"究竟是怎么回事？"他终于回了神，说，也不等我回答，就不请自进。

　　我带他到主卧的洗手间，指给他看漏水的地方。他三步并作两步走上前去，伸出关节突出的大手关掉了那漏水的水龙头。

　　"糟透了。"他又说，转身往厨房里走，"这水全部浸到了我的睡房，天花板上都是水印。你知道，我刚刷完房子，搬进来以前刷的，你得赔偿。"

　　"嗯。很抱歉，因为这里没人住，目前，你知道，难免……"我断定他不懂英文，便用我磕磕绊绊的希伯来语高兴地解释——从来没有什么时候，我如此庆幸可以和一个五十岁左右，用奇怪香水，看上去乏味透顶的秃顶老男人说话。

　　"你的房子吗？"他的语气里明显带着怀疑。

　　"我丈夫妈妈的房子。"我指指睡房的墙上挂照片的位置，虽然我们在厨房里，好像我们能穿过那堵墙看到我婆婆挂在墙上的照片。

　　"你丈夫呢？"

　　"他在出差。"

　　"你们得赔偿。"

　　"当然，我丈夫一回来，就联系你。"我的希伯来语显然无法应对，我说着英语，也不管他是否听得懂。趁他还在，我转头去关窗户，这样就可以和他一起离开。为了拖着他，我说："不是你联系我丈夫的吗？"

　　"不是，是我的房东。"他显然听懂了我的话，回答却依然是用希伯来语。

　　"房东，原来你是租房子的？"

"是的，我在三楼，一个月前搬进来的，搬进来前才刷的墙。"

"明白了。我丈夫回来，我会让他联系你，你的电话？"

他并没有直接给我电话号码，而是忽然转身去拉开厨房水池下的橱柜门，跪在地上，关上了总阀。

"你得防备其他水管再出什么问题。"他看了我一眼，满是责备。我再一次对他绽开笑容，这一次他确认那束鲜花是送错了人，根本就没有要接的意思，转身要走。

我急得拉他的手臂："等一等，你给我电话号码吧！"他停住，开始不耐烦地说数字。

我掏出手机，又说："等一等。"因为我想起来主卧洗手间里的灯还没有关掉，我必须留着他，这样才可以与他一起离开。

我在电梯里记下那老男人的电话号码，并保证会第一时间立即联系他。

在回程途中我发短消息给我的那个他，告知公寓漏水的情况。他回信说："请你带上艾米莉去清扫一下吧。"他的"请"字，现在听起来格外刺耳，虽然他很多时候都说"请"字。

艾米莉是我们那条街上另一家人的菲佣，她在闲暇时来打扫我们房子的卫生。

◇ 泰 山

我们去奶奶的窝，我本来以为，至少可以有一片带甜味的凉拌鱼皮给我吃，但是没有奶奶、没有鱼皮，那里除了奶奶的气味，就是灰尘和水的气味。

这很好，表示我不用像上次一样被留在这里，而且奶奶也不会因为我把尿撒在窝里而大吼大叫。

那一周里，奶奶没有遵守任何"例行公事"，甚至我都准备好了用"擦擦"和"关门"的游戏来取悦她，因为，我的她总是在雨天对我的"擦擦"游戏击掌欢呼，这让我觉得自己很了不起。我和她一样长吁短叹地待在房间里，每当我去用鼻子碰碰奶奶，试图引起她的注意，并暗示她我的各种"例行公事"的时候，她都对我说："去，一边儿去，你这讨厌的毛茸茸的东西。"看来她是真的不喜欢"东西"，每次她这样说的时候，我都听得出来，她不开心。她依然在开饭前对着椅子说话，每把椅子都有名字，她叫它们"爸爸""妈妈""大姐""二妹""四弟""小弟"……好不容易说完话，她叹息一声，食不知味地吃饭。有一次，在重复那句"为什么上帝没有让你们活下来"的时候，她流出了几滴咸的水。

她说话的时候，嘴里发出一种奇怪的气味，那气味一天一天地加重，非常特殊，而我从来没有在其他人身上闻到过那样的气味，这令我印象深刻。我在奶奶的窝里郁闷地过了三天，然后，她睡了整整一天一夜，第二天下午才醒过来。看到我撒

在卫生间里的尿，她发怒地吼叫起来，并对着我的长鼻子挥了
一巴掌——我的她从来没有揍过我，虽然她经常举起手作势打
我——那时候，她嘴里的那种气味更浓了，几乎整个窝里都是
那种气味。甚至掩盖了我的尿味。她要我怎么办呢？我是一只
有教养的狗，已经憋了很久很久了，在这个过程中，我舔过无
数次她的脚丫子，甚至有两次还舔到她的脸，她都不理我，她
只是在床上翻滚，重复说"为什么上帝不让你们活着？"，这
样，我才把尿撒到厕所的地上。

　　回忆这些真是让我不快，但是我们狗狗是不记仇的，我当
时因为那一巴掌情不自禁地哀嚎了一声，不过很快就原谅了她，
毕竟她不快乐。我跑到厕所里，角落里还有一点点我留下的尿
的气味。现在这个窝里，除了那略带甜味的鱼皮味，还有我的
她和他的气味，以及很多我不认识的人的气味，我奶奶嘴里的
那股气味已经没有了，她本人的气味还有一点点。

◇ 一丁

精致的艾米莉一推开我婆婆公寓的房门就夸张地说:"好大
的公寓,两个小时怎么可以?如果我回去晚了,我的雇主会很
不高兴的。"

艾米莉细眉小眼睛,骨骼精巧,看上去虽然袖珍,却身段
玲珑,朗朗地说话,麻利地干活儿。她出了一大笔钱,得到来
以色列做帮佣的五年工作签证,这期间如果当初她的雇主去世
了,而在三个月内有其他的人愿意雇用她,她就可以继续在以
色列工作,如果三个月内找不到新的雇主,她就得离开以色列,
返回菲律宾。

我立即保证两个小时以后我们就可以离开这里,并开始挽
袖子,让她知道我会帮她一起打扫。

艾米莉立即找到工具,开始将洗手间地上淤积的水引入下水
道。我看着墙上我公公的照片,他去世时和我的他现在的年龄相
当,同样的浓眉大眼让他们两人的外貌高度相似,穿军装的公公
眉宇间多一些那个年代以色列人的笃定。婆婆的照片大概是二十
年前的,她那时候一定已经守寡十多年,看上去冷而坚硬。

我拉上她的衣柜门,因为那里冒出的她的香水味,还有见
面时她穿过的那些衣服,这一切都让我心烦意乱。

艾米莉从洗手间出来,左手里拿着瓶药:"看看,这已经泡
软了,我的雇主也吃这样的药,药性可大了。有一次,我回菲
律宾休假,她睡不好觉,结果多吃了几片,差点没有醒过来。"

我伸手接过来，看到已经受潮的十几片白色药片。婆婆是如何自杀的，我不得而知。从他知道他母亲自杀那一刻起，我一提到他母亲，他就顾左右而言他。

我将那瓶药丢进垃圾桶。艾米莉的另一只手上提着一个塑料袋，里面有几页纸，她取出那些纸，已经被水浸透的纸张立即断裂了一部分。

"这是什么？"我问，用戴着手套的手接过来，刚一接触到那几张纸，就又掉下一块。

"嗯，是什么化验单。"

"化验单？你看得懂吗？"

她来以色列快三年了，希伯来语应该不错。

"嗯，这是以色列的三大医院之一'马卡比'的化验单，这里有一个'检验室'的字样，"她用小指轻轻地点着右上角，"是在那个离这里很近的叫里雄的城市，嗯，叫大卫检验室。我的雇主每个月都做各种检查，这个检验室我没有见过，肯定是私人的而非公立的，就是说是私立医院的。这里有检验结果，不过已经看不全了，只剩下几个字母，名字好长，嗯，但是已经完全看不清楚了……"她话说到这里，手里的化验单就只剩下指缝里的一小块。我接过垃圾桶，若有所思，试图再看看，不过显然是徒劳，除了对希伯来语一窍不通，那些碎成一片片的纸，更像是一种对什么东西的妥协。只听见艾米莉嚷嚷起来："快点吧，快点吧，我必须在十点以前赶回去。"

◇泰山

晚上我的垫子没有被摆放在她的床尾，我预感他要回来了，而我并没有取代他的位置睡在睡房，人类是多变的。

他半夜回来的时候，依旧带着很多奇怪的气味。令我欣慰的是，我可以肯定，他没有去找其他的狗狗玩，也没有抚摸过任何猫。我如常地在淋浴室外蓝色的地巾上躺着。他从里面出来时，满是水和毛发的气味，我舔着他腿上未干的毛，他没有像以前那样抚摩我。

他站在那里，盯着镜子，良久，开始小声地说话："为什么？你为什么要这么做？"我看到他光着的脚趾紧紧地抓着地巾，脚背上的青筋慢慢地变粗、变黑。"你的生命包含了其他人的生命，你没有权利这么做！"他又说，声音里带着恨。说完话，他依然一动不动。过了好一阵，他开始刮胡须，刀片连续切断粗硬毛发的声音响起来，我把头搁在他的脚上，偶尔舔舔他腿上很快干了的毛发，直到他刮完胡须，往自己脸上喷了刺鼻的古龙水，我打了个响亮的喷嚏，听到她醒过来了。

"上帝保佑你。"他对我说。

他走到院子里，在星空下站了一会儿，用低得不能再低的声音说："你休想用这样的方式惩罚我，你休想让我背你的十字架。"等到他浑身冰冷，才走回睡房，他居然没有像往常一样关上睡房门，这样真好，因为往常他出去玩这么久回来，他们一睡觉，就会开始做噩梦。如果今天发生这样的情况，我就可以从开着的房门进去舔醒他们，把他们从噩梦里救出来，就像在白天躺在她涂抹的板子旁做白日梦，梦见激烈追逐那只混账折耳猫而四肢抽搐，喘气并翻白眼的时候，被她温柔的抚摩叫醒一样，这正是我表现自己的最好时候。

不过那晚他们没有做噩梦，他进去以后，好像她又睡着了，我很快听到他轻微的打呼声。不知道他是梦见了牛骨头还是鸡大腿。

奇怪的是，他们从此以后再也没有做过噩梦！

◇ 一丁

一开始我并没有立即睡着，直到他的飞机降落前才累极入睡。泰山在洗手间的一个喷嚏声让我醒过来，从他回来的时间，我可以断定，如果不是飞机晚点，那么他一定又先去了办公室。

他总是在出差回来后先去办公室。"把工作带回家是违反规定的。"他说。

"另外，在这个家里，工作是不受欢迎的，因为家里有你和泰山，足够了。"他又说。

不过我还是偶尔会发现他工作的一些痕迹：一张欧洲某家餐厅的票据，或者用阿拉伯语写下的一个名字和电话号码。有一次，我甚至发现一张英语和阿拉伯语的名片："穆罕默德·阿布，比利时皇家进出口公司总经理。"我不确定他去欧洲的时候是不是就变成了这位总经理阿布先生。

我婆婆头七那周，我自然地禁欲，虽然他未刮胡须让我暗涌渴望。我不知道自己为什么要假装睡着了，也许是因为每次他出差回来都迫不及待地上床来抱紧我，而今晚他却在水池前耽搁，最后还去院子里待了良久。

他上床后不到十分钟就开始打呼了，一个做情报工作的人，如果心里装着事就睡不着的话，那他必然是不合格的。

我在天亮前终于再次入睡。他在离开以前，还像往常一样轻轻地亲吻我，我差点就跳起来抱着他的脖子，但是我太累了，只是一动不动地"哼"了一声。

◇泰 山

我从下午就开始在院门口守望，毕竟只有我和她在显得窝里太空了，而且她今天省略了我的很多"例行公事"，我能感觉到她的心里有事情，她的鼻翼两侧开始冒油。

我刚来这个家的时候，还不到一岁，她每天三次集中和我玩，我们玩各种游戏，然后在玩游戏的过程中，我学会了各种指令：她手里捏着食物，举过我的头顶，我不得不坐下来，这样才能闻到那美味，我的屁股刚一触地，她就马上惊喜地说"乖狗"，并给我食物。再后来，我做这个动作的时候，她立即说"坐下"。冰雪聪明的我，很快就领会了她的意思，每一次她说"坐下"，我就把屁股坐到地上，因为根据经验我知道，一定有什么可口的食物马上会被放到我的口中。在这样的玩耍中，除了初级指令，我还学会了各种中、高级指令。当然，我那时候小于一岁，食物就是我的神，看在食物的分儿上，她要我做什么，我就做什么。

一岁以前，我们有很多这样共同玩耍的时候，可以说，我有一个幸福的童年，从和众多兄弟姐妹抢奶头的窝里出来后，我加倍珍惜这样的玩耍时光。那时候，我唯一的烦恼就是他们做噩梦不让我帮忙，现在他们不做噩梦了，我以为我的幸福生活将就此开始，却发现她除了不陪我玩了，连绝大部分"例行公事"都省略了。直到天黑后很久，他才回来——每次他一个人出去玩回来后，第二天总是早早地回家，为什么他变了？狗狗不喜欢改变！他是不是要离开我们了？如果是这样的话，我是不会原谅他的。

他先在院子里四处走动，最后才走进房子里，在书房里找到她。我看到他的鼻子倾向她的鼻子，我跳起来，将爪子搭在他的后背上，同时发出警告：我等了这么长的时间，我才应该是那个第一个接受抚摩的！

她笑了，说："泰山，你不要这么容易嫉妒好不好？"那是她这些日子以来第一次笑！

◦一丁

晚饭后，我拉他去散步，就带不带泰山出现了分歧。

我需要和他交谈，安静地交谈。可是他说，好多日没带泰山玩，这样对它不公平。

我们沿着一条长满巨型小叶榕的道路向白桥方向走去——这是我们在小镇常走的散步路线，泰山比和我一个人散步的时候高兴，狗狗是不是会感觉到只和一个人生活太冷清了？还是亲爱的泰山也感觉到了我的喜悦？往常这样的时候，他会讲一些在新闻里得来的逸闻趣事，或者生活里无关工作的某些时刻，他偶尔骂骂当政者，更多的时候会和我讨论一本书，或者我的画——他的工作不能讲，而他在文学艺术方面却非常专业，对欧洲绘画的历史和流派都了如指掌，各个国家的经典名著，不论是古代的还是当代的，他都能信手拈来，而且记忆力好得惊人，比我这个美术学院毕业的人记得住的人名和画名还要多。

显然他心不在焉——其实我也心不在焉：引导他进入关于他母亲的话题的尝试从未成功，他仿佛总是故意让泰山打断我们的话题，我明白了他坚持带泰山散步的缘由。

其实，要读懂我的想法，对他来说，不费吹灰之力，他为什么不愿意，我不得而知。

那晚我和他都拖到很晚才上床。

灯一灭，只剩下我们的呼吸和相接触的温热皮肤，我们之间白日奇怪的隔膜迅速融化，我们俩都很努力，虽然我总感觉他母亲坐在客厅餐桌旁盯着我们的睡房看，但是我们都力不从心。放弃后，仿佛两个人都松了一口气，他显然被自己的精神折磨得筋疲力尽，很快就进入了入睡前最后一分钟的呼吸状态。我还满脑子疯狂的念头，禁不住问："你不会觉得你母亲的自杀和我有关系吧？！"

他翻了个身，说："你不了解我母亲。"

我还在思量他的话，就听见他开始匀称地呼吸，这种呼吸是一个清楚无误的入睡前的信号。

◇ 泰 山

　　我终于见到那只棕色猫了，在咀嚼了它的便便三次以后——
最后一次，被我的她闻出来了——我完全确定有另外一只猫出现
过，而且我完全确定，它是那只棕色的母猫。我当时非常激动
地走到正在用棍子蘸了各种颜色涂抹板子的她旁边，非常有成
就感地用我的长鼻子头轻轻地触碰一下她的大腿：这是我从院
子里历险回来和她打招呼的方式。有时候他带我出去散步，她
没有一起去，我回来后的第一件事也是用我的长鼻子轻轻地触
碰一下她的大腿，意思是说："嗨，我回来了。"很多时候，如
果我没有和她一起做一件事情，短暂地离开以后，思念都会让
我这样和她打招呼。她的鼻翼翕动两下，然后她忽然尖叫起来：
"我的妈呀！你究竟吃了什么？我的上帝！"这个"上帝"究竟
是什么，我恐怕到死都弄不清楚。"你为什么放着美味的狗粮不
吃，偏要去吃这些恶心的东西？"

　　她放下各种颜色的棍子，双手握着我的长嘴，用鼻子靠近
我，又翕动两下鼻翼——跟我生活一段时间以后，她的嗅觉能力
居然大幅度提高，而且辨识力也随着提高——然后，她忽然推开
我，皱着眉头，用双手不住地扇动空气，尖叫着："走开，走开，
你这讨厌的改不了吃猫屎的坏狗，离我远一点，坏蛋。"

　　我也很敏感的，也会很受伤，而且她这样小题大做，大可
不必。每当她这样的时候，我的耳朵会软下来，低下头，走到
某一个角落，虽然我还在不断地咂嘴舔着鼻子，为自己完全确

认了棕色猫的存在而暗自激动，虽然我完全无法明白她为什么生气，但是我总不能在她生气的时候还对她吠叫，所以，我只好表现出内疚的样子，以让她安静下来。这时她忽然爆发出一阵哈哈声，用双手在我脸上搓，说："你现在变成多色狗了。"我用长舌头一舔，尝到了油漆的味道，不管怎样，只要她不生我的气就好，她是我的唯一，是我的世界，如果她老是生我的气，我可怎么办才好呢！我立即就快乐起来了。

我见到那只棕色猫的时候，它正在院子的紫藤下打滚儿：我知道这种打滚儿，是吃饱了，喝足了，也得到了想要的抚摩以后的满足。我四肢匍匐在地上，耳朵却高高地竖起，像我的先辈在旷野上狩猎一样，静静地注视它。

它还在左右打滚儿，好像完全没有意识到我的存在。院子里连一丝风都没有，我的血液像是凝固了一般，肌肉却紧绷得让我打战：这只棕色猫将会成为我的第一个猎物，我将用我完美的上下咬合的牙齿死死地扣着它的脖颈，左右剧烈甩动，我应该让那只肥大的灰色折耳猫看到，我已经快两岁了，这将是我的成人礼。

我缓慢地匍匐前进。猎物这时候坐起来，开始舔自己的毛，它的屁股正好对着我，我一跃而起，前爪就要落在它的后背上时，它却一下快速转身，将背部高高弓起，毛发竖立，龇牙发出可笑的"嗤嗤"声。

我不知道自己为什么要停下来，我可以将我的大爪子拍到它的脸上，虽然我知道它的动作比我快，但是我的爪子起码比它的大一倍，而我的力气可以比它大几十倍。

这些都是我事后想起的，反正我当时停下来了，停下来的同时，发现肥大的灰色猫在院子的围墙上闲庭信步，尾巴像木偶一样不自然地左右摇摆：原来，棕色猫在地上摊开四肢，抚摩自己皮毛的时候，灰色折耳猫一直在欣赏。

我和棕色猫对峙了一阵，它看上去不如先前紧张了，只是那双讨厌的眼睛里有一股冷气，这样的姿态对肌肉紧绷的我是一种挑衅。这时候，我的她忽然握着带颜色的棍子走到我面前。我勇气大增，决定跳起来去扑那只没有警惕感的灰色折耳猫——毕竟它是第一个侵略我地盘的浑蛋，棕色猫立即跳跃着消失了，灰色折耳猫则轻易跳到我够不到的围墙上，不紧不慢地跟上棕色猫，也消失在紫藤后面。

"帅狗，亲爱的，承认吧，你是一只温和的大狗，虽然表面看起来很吓人，特有威慑感，但是，你不会到处惹是生非，生撕一只猫，因为这不是你的性格。"

她究竟是赞扬我睿智还是鄙薄我胆小，不得而知！因为我浑身的肌肉依然处于半紧绷状态，大脑则处于失血状态，我只能围着院墙跑上跑下地察看。我难过的是，这两只不要脸的猫居然用我的领地打情骂俏，而且狼狈为奸，转移我的注意力，双双逃走。

我回到廊下，斜着眼睛看她。她手里还握着棍子，坐到我的面前，盯着我，我知道她在想问题，但愿接下来她不会玩"眨眼睛"的游戏。

"泰山，你觉得我们能过这一关吗？"

我依然看着她，耳朵高度集中，等着那些词——"左边""右边""两边"。

"乖狗，你觉得我真的应该一五一十地讲给他听我和他母亲吵架那件事吗？我是不是不应该让他知道我们为了什么而争吵？但是如果这样的话，他又怎么会相信他母亲的自杀和我无关呢？"

我轻轻地叹息一声，把头放在我的前腿上，反正我也不喜欢那个"眨眼睛"游戏，她不玩最好。

"是啊，我也觉得这是一件让人叹气的事情。"她居然笑了，来抚摩我的头。我很爱她，很多时候都是这样，她是我的世界，也是我的唯一，我爱她的程度，你们人类的理解力是无法明白的。

这时候她站起来，也叹息一声——这次是睁着双眼，说明她不高兴，可这不是我的错啊，我虽然不喜欢"眨眼睛"游戏，但也做好了准备和她玩，是她没有发送指令啊。

"来，我们去散步。"她忽然说，将手里的棍子扔到一罐脏脏的水里，取下身上的围裙。我多么喜欢和她去散步啊！这是一天里顶顶重要的"例行公事"，我喜欢陪着她，更喜欢陪着她散步。我们像往常一样，往白桥的方向走去。

她一路都没有和我说话，而我忙着探索我经常经过的路上的新鲜痕迹。靠近白桥的时候，她忽然撒腿奔跑起来——这是她第一次和我奔跑，她虽然只有两条腿，奔跑起来比较费劲，也没有尾巴，要停止奔跑的时候，不能用尾巴打圈来迅速减速，可是她一开始奔跑，就变得一发不可收拾。

◇ 一丁

我确信我的蜜月期完全结束了。

一开始总在找最合适的机会想和他细细讲述那次和我婆婆吵架的事情，也许一场完美的性爱之后是最好的时机，那样的宁静、甜蜜，那样紧密的距离，可以打通彼此的隔阂，感觉到彼此是为对方而生的。可是完美的性爱总不来，不完美也好，只要身体的交流像以前一样畅通无阻并互相欣赏就行。

不过，连基本的交流也没有了。

一个男人的母亲去世了，也许不仅仅是他的精神需要时间来过渡，他的身体也需要。我的问题是，越是有压力，我越是需要。

到我婆婆去世满一个月那天，我们一起去她的墓地。

墓地里有一大束花，是他妹妹娜塔莉通过花卉公司送达的。

我们站在墓碑前，他点燃蜡烛，又放上几颗小石头。我们静默地站立了好几分钟。最后我说："我在小道尽头等你。"说完话，不等他回答，我就转身离开了。

我远远地站在小道尽头，看着他对着坟墓说了好几分钟话，要是一个死去的人能体谅活着的人的痛苦，她大概就会用比较正常的死亡来自然地切断血脉里顽固的联系，而不是用如此决绝而蛮横的方式让这样的关系赤裸裸地淌着血。最可怕的是，没有解药能止血，因为不知道中的是什么毒，而且完全没有可能弄清楚，这才是顶让人绝望的。

　　我婆婆自杀一个月后，一开始我们几乎每天都尝试，不间断的失败让我们俩都怒火中烧，直到他忽然再次紧急出差。回来的那天却是白日，他直接去了办公室，当晚，他说特别累，一个人早早上了床。

　　我们开始回避各种可能的理由，周末的早上，回避不了的时候，失败的尝试让人更为尴尬和失落。

　　他更频繁地出差，这样的状况进行了三个月。我忽然明白，我们用了三个月彻底证实，他真的阳痿了。

◇泰山

她一开始跑步，就一发不可收拾，我们每天黄昏都向白桥出发。她奔跑，我探索我的世界，一开始我有很多时间和精力，渐渐地，我发现她奔跑的速度和长度都让我有点吃不消了。

她恶狠狠地奔跑，像是要追猎什么，又像是在逃避什么，要是她有四条腿，像我这样，奔跑起来一定身姿优美。有时候她气喘吁吁地奔跑，双颊通红——可怜的她，没有长长的舌头，不能像我一样出汗的时候就把舌头吐出来，这样可以很快散热。她没有四条腿对我来说也是一种解脱，两条腿的她都能跑得这样快，有了四条腿，我肯定就跟不上了。我不知道发生了什么，但是我可以肯定：她变了。

以前她早上醒过来，即使是一个人，也会在叉开四腿、前腿弯曲的我面前蹲下来，一边细心地抚摩我，一边笑着说："早安，美好的一天要开始啦。"现在她鼻翼两侧不断分泌油脂、她早上敷衍的抚摩、说"早安"时勉强的声调，让我意识到，她心里有很多事情，这些事情不像和我玩"叼过来"那么简单，也不像"叼过来"那么好玩。而我，也变了，这个变化是从那天再一次在白桥上遇到如雪的时候开始的。

奇怪的是，那天碰到如雪的时候，她的主人居然不在。我的她一如既往地恶狠狠地往前跑。我发现自己无法将鼻子从如雪的屁股那里挪开，那里有世界上最美妙的气味，人类那种好看不中用的鼻子根本不知道其中的妙处，那种气味不是来自食物，也不是来自其他任何一只母狗——我已经一岁多了，大概认识三十只母狗，她们身上的气味，都存储在我的细胞里——但是在我的基因库里，有什么东西是和这气味对应的，这种对应让我浑身血液澎湃。也许这气味归那个神奇的"上帝"管：在我们仨的窝里，这个"上帝"就管很多事情。最近，我经常听到她和他在不同的场合对着自己说："上帝呀，帮帮我！"当然，以前，有时候我做了坏事，比如咀嚼了黄猫的便便，她也会说："上帝呀！"有时候我们仨中的任何一个打喷嚏，她或他也会说："上帝保佑你。"

　　情况非常紧急，如雪那让我心跳加速从而无所适从的抓狂气味如此浓烈，而我的她已经跑远——我必须守着她、保卫她，她离我那么远，是不明智的。这时候，我忽然觉得，偶尔能说话也不错，也许我说"上帝呀，帮帮我"，那个看不见、闻不见的上帝就能帮我解决问题了。

　　如雪的反应也很奇怪，她一会儿让我闻她的屁股，一会儿又躲，躲不过了，就一屁股坐在地上，她从来没有这样奇怪的动作，难道是因为她的主人今天不在吗？

　　我的她在远处唤我，并跟我招手，可是我无法把自己从如雪身上的气味里挪开，我悲催地发现狗狗也有身不由己的时候，即使像我这样绝顶聪明的纯种狗也不能幸免。我必须对那种气味做点什么，在我的她跑得消失不见以前。我虽然没有想好怎么做，却忽然发现自己的两条前腿搭在了如雪的后背上——我们以前也追逐玩耍过，不过从来没有玩过这样的游戏——我为我自己的新发明而激动不已，认为这是表达我当下心情最好的举动。

可是如雪不喜欢，她拔腿跑起来。我浑身上下都是劲儿，她根本不是我的对手，不出一百米，我就追上她了。我骨子里忽然确信这将是一种新的绝对刺激好玩的游戏，只是如雪一味躲避，我无法让她安静下来，如果她能安静下来，并配合我，她就能和我一起探索这种游戏的妙处所在。

多次跳上如雪的后背又被她摔下来以后，我找到了我基因里的指令，她的气味在指向我的后腿之间忽然多出来的部位，我们应该互相抚摩，这样我们俩都会觉得好玩。我很累，我们已经跑了很多公里，如雪也累了，她坐在地上一动不动，我用鼻子拱着她的屁股，我要告诉她，我新发明的这个玩法，一定有趣。

这时候，我的她回来了，将手里的链子套在我的脖子上，说："上帝呀，你究竟在干什么？"

我也想问问上帝呢，我的神秘基因里为什么有这么好玩的游戏，而我都快两岁了，才第一次知道！

◇一丁

我和阿呆在网上聊天。

"咖啡店生意怎么样？"

"还行，稳中有升。"

"真想念你们。"

"你不是九个月前才回来过吗？"

"嗯，感觉好像过了好久。"

"对了，上周，你的画又卖出去一幅，就是那个看起来又像狗又像马的动物在阴暗的密林里狂奔的那一幅。"

"这样算起来，我离开的这近一年，一共卖出了五幅？"

"我觉得，你当初要是没走，说不定销量慢慢就起来了。"

"当初……"

"但是，不管是女人还是男人，婚姻才是顶重要的。不是谁都能像你那样，张牙舞爪地愤青多年以后，还能好好地嫁了，有幸福的婚姻！"

"阿呆，你说我最近是不是胖了？"

"……"

"我最近一直跑步，已经到了七公里，我的目标是跑到二十公里。亲爱的，二十公里，以前连想都不敢想，高中的时候，跑个八百米我就喘得像只老狗。"

"二十公里？你准备参加下届奥运会的马拉松比赛吗？"

"我每天都跑，反而感觉自己还是胖了。"

"亲爱的，你是不是该要个孩子了？"

"什么？"

"不是谁都可以一直泡在蜜月期的。"

"那跟孩子有什么关系？"

"孩子是激情过后的新计划，就好像两人共同创建一份其他人无论如何也插不进来的事业。"

"说得好像你创建过这样的事业似的！"

"孩子可以填补蜜月期过后留下的空白，让婚姻生活以不同的方式丰满和充实起来。"

"我觉得留白也挺好的，跟中国画一样。"

这个讨厌的同性恋阿呆，好像自己是婚姻专家似的！而实际生活中，他连对自己喜欢的男孩表白的勇气都没有。

◇泰 山

奇怪的事情接连发生，除了她开始疯狂跑步——一个人只有两条腿，居然每天能跑那么远，再一次说明人类是奇怪的动物——他和她，常常在道晚安以前在洗手间里说："上帝啊，帮帮我！"他刚说完出来，她进去，洗漱完毕，做同样的事情，把两手举起，放在眉宇间，闭眼说："上帝啊，帮帮我！"另外一件奇怪的事情就是他开始一个人在半夜三更自言自语："你告诉我，我如何才能弥补？让我弥补你！"有时候他会说："你休想惩罚我，你休想！"我每次听到他说话，以为他需要什么。有时候房门开着，我走进去，看到她翻了个身，他则挥舞着手，眼睛却闭着，我能闻到他身上冒出来的热汗味。

棕色猫和灰色折耳猫忽然成了朋友，它们每天黄昏的时候对望，像机器人一样摆动尾巴，嘴里发出我听不懂的猫语，已经连续一周如此了。猫都是很自私的，不像我们狗，一见面，只要互相闻闻屁股，再热情地嗅嗅鼻子，互相舔舔，就成朋友了。

而我，我的嗅觉发生了奇妙的变化：我在封闭的围墙里闻到好几次让我心跳加速和抓狂的气味，这些气味和我上次闻到的如雪身上的那一种不完全相似，但是可以肯定，它们来自基因组的同一个方向。

我每天都盼望着她带我出门跑步。一出门我就东张西望，希望可以再次遇到如雪，如果再次遇见她，我一定要先舔舔她的鼻子，让她知道，我要和她玩的游戏一定非常好玩，她大可不必躲着我。

最近，除了跑步，她省略了很多"例行公事"，我就新发明了一种"短跑急奔"的方法：在院子里绕着围墙疯狂地奔跑三圈，就好像在追逐最有趣的东西一样。一开始，她不解地看着我，说："喂，疯狗，你在干什么？"

她不知道，这是平息我心里奔腾的对那种气味之渴望的最好办法。这种"短跑急奔"的需要，来无影去无踪，我有时候走着走着，就会忽然开始奔跑起来，直到三圈以后，长吐红舌。

更奇怪的是，有一天下午，她正在用棍子涂抹板子，见我忽然狂奔起来，她将棍子狠狠地摔在地上，跟在我屁股后面跑起来，后来她把这种行为命名为"狂躁之奔"。跑完后，我累得舌头吐得老长，而她会把双手放在膝盖上，喘着气，有时候大笑，直笑到眼睛里有咸味的水流出来。我很高兴我们一起分享这样一件奇妙而有趣的事情，虽然我不知道她是不是像我一样闻到了那些让她欲罢不能的气味，不管怎样，这让我越来越爱她了。

◇ 一丁

那天是他的生日，我订了一家海景海鲜餐厅。吃完饭两个人沿着海边散步。"嗯，我们好久没有这样散步了。"我尽量让语气听上去自然，避免大家都想起现在和以前不一样了，有一个人自杀了，自杀的原因是个谜，而我们之间曾经非常亲密的关系也出现了裂痕。

"餐厅很不错。"他脸上的那种表情，让我怀疑我前一句话是问餐厅怎么样。我以前从来没有觉得他这种深不可测或者轻而易举就能做到的顾左右而言他的极自然的行为那么让人烦恼。我从来没有像现在这样，想要探究他这张平静而读不出任何情绪的表情下真实的情绪暗流，因为以前，在我这里，除了工作，他完全没有假象。

"时间过得真快，一转眼来以色列就快一年了。"我双手扶着靠海的栏杆，决定不再去看他，既然什么也看不出，不如放弃。

"是啊，时间过得很快，明年的今天，我就三十八岁了。"他将双手肘放在栏杆上，将身子探出去。

海风的抚慰让人轻松，我意识到，我不会轻易放弃。"为什么我们不能谈谈你母亲？"我固执地盯着日落，没有去看他，心里明白，如果我要和这个有十五年情报经验的以色列特工在绕圈子上斗智斗勇的话，那不是自找麻烦吗？

"为什么你想谈谈我母亲？"他语气平静地说。他的平静，让我忽然后悔没有抛出我真正想问的问题：让我们谈谈你母亲为什么自杀。

"因为你是我丈夫。"这个回答引来的结果，让我吃惊，因为他忽然离开栏杆，几乎有些夸张地将我紧紧地搂进怀里——我们结婚后，我有很久不适应他日常生活里各种无比自然的亲密动作，这种新鲜感和羞涩感，是我觉得我依然在恋爱中或者说在蜜月中的原因之一。而他母亲自杀后，我对这些日渐减少的亲密动作的渴求变得非常强烈，"我们并没有恋爱过，所以，我想，谈谈你母亲，也许可以让我更好地了解你。"我闻着他混合着香水味的体味，心里平静下来。

"你了解我，你心里知道的。"他依然搂紧我。

"以前我觉得自己知道，现在我开始怀疑。我甚至连你的工作都一无所知。"我挣脱他，抬头强迫他看着我的眼睛。

"你知道我们的约——"

"我知道！"我急切地打断他，"但我是你的妻子，我们结婚快一年了，你如果站在我的角度——我婆婆去世前，我对这些问题完全可以忽略不计，我有舒适自由的生活，我在自己的世界里一直保持一种创作状态，而我身边的男人用各种方式宠爱着我，我们时见时不见，性爱堪称完美，一直像一对各有其事却又处于热恋中的恋人，生活在精彩的孤单和完美的交汇中，如一汪清泉，知道自己的方向，那是诗意的远方。"

"我可以告诉你，如果这对你那么重要，但是，你不能让罗伊知道。"

罗伊是他的上司。我们结婚后来以色列，时差一倒过来，就被他约去餐厅，我不会笨到不知道那大概是来自他工作的一个顾虑。去之前，他让我盯着他的眼睛，郑重地宣布："我要你知道，我不是一定需要这份工作，这份工作对我的好处只在于做的时间久了，容易些，仅此而已。"

"去他的罗伊。"我几近粗鲁地说。

对我的粗鲁，他没能成功地掩饰嘴角的一丝笑意，这是他母亲自杀后，我在他脸上第一次看到笑容。"我的工作，是在欧洲的阿拉伯人中发展线人，收集对以色列有用的信息。"

"那么，你说阿拉伯语？"

"嗯，就像我的母语希伯来语一样。"

"他们……那些阿拉伯人，为什么要相信你？"

"我们有我们的方法，你不能知道得比这个更多。"他牵着我的手往回走，又是铁面无私的表情。我忽然意识到，他偷换了话题。

我知道适可而止的重要性，这和运用色彩是一样的，用得不好，会改变整个画面，不管构图如何好，色彩实际上最终决定了一幅画想要表达的主题。我们最后还是没有谈他的母亲。我意识到，我们的无性生活，会继续。

◇ 泰山

我的她好像根本没有注意到我世界里的变化，而且她居然改变了今天的"例行公事"，没有带我出去跑步不说，还和他一起出去玩到很晚才回来。

他们回来的时候，身上有煎牛肉和酒精的气味。为了遵守我们离开彼此以后重见时一定要抚摩彼此的约定，我依然将耳朵放低，剧烈摇摆着尾巴，冲向他们。

他们一前一后地给我抚摩，她甚至亲吻了我的额头，在她亲吻我额头的时候，他去亲吻她的头发。我胸腔里升起一种奇怪的热，莫名其妙地对他吠叫了一声，跑开了。

"泰山，你真的是一只忌妒心满满的狗。"她说。

那晚他们一起坐在沙发上看电视，并且总是时不时地互相抚摩一下。

我躺在旁边的地毯上，半睡半醒——那种似有若无的如雪身上的气味让我依然无法安然入睡——他是不是也在她身上闻到了我在如雪身上闻到的气味？不过他去舔她的时候，她没有像如雪躲我那样躲着他，而且，我闻到了很浓烈的他们俩第一次认识我的时候身上发出的某种气味，人类叫它荷尔蒙。

那是一个忧郁的夜晚，我一直不能入睡，他们进房间很早，并且关上了门，我听到床上窸窸窣窣的声音，然后是他深深的叹息。

不一会儿，他开门出来，去了洗手间。我跟他到门口，他看着镜子，说："上帝啊，我究竟是怎么回事？"又是这个我看不见、闻不到的"上帝"。他说完，用冰冷的水浇到自己的头上和脖子上，然后长叹一声，盯着镜子说："母亲，你如果要活在你的十三岁，我没有办法，可是为什么要这样惩罚我？你一辈子都在惩罚周围的人，从而惩罚你自己，你为什么要以这样的方式结束？"

我回到他们的房门口，闻到一股咸咸的水的气味，她坐在床上，鼻子和喉咙里发出奇怪的声音。我不确定我是否可以帮她，而我也有我的情绪。我躺在门框边盯着她——这是我被允许的最接近这个房间的地方。

◇ 一丁

　　他身上吸引我的东西，一开始，是最直接的异域外貌，还有因为文化产生的一定程度的距离。这样的距离，对很多人来说，是伤害，对我来说，却是安全感，就像我做裸模时一样，需要给我和绘画者一定的距离，我才能有安全感。

　　一开始，他从来没有过多地问我私人问题，比如年纪、所学专业，连职业也没有问过。关于我的父母，是我们决定结婚以后，他才问需要不需要见见父母。

　　绝大部分人知道我曾经的职业是裸模的时候，第一反应是瞪大眼睛，然后就是一系列的问题：你什么时候开始做的？你为什么要做？你第一次做是什么感觉？你裸露在别人眼前的时候，心里是怎么想的？当然，这些问题，他们都没有直接问出来，却是在脑子里上蹿下跳，而他们的眼睛总是出卖脑子。

　　如果想知道，他自然有特别的技能办到，不过他好像全然不愿意用到我的身上。第一天进阿呆的咖啡馆，他因为我流利的英语而小吃一惊——但他即使吃惊也波澜不惊的，只是眼角轻微地抽动一下，就随意提到那些日子在城市里旅游因为语言不通而吃了不少苦头，走了不少弯路。我在芬兰上美术学院的时候，周围都是白种人，关系发展到非常亲密的也有两三位，他的面貌让我确认他不是北欧人，我亦无意打探更多。曾经赤裸裸的我被观察得太久，让我失去了对任何人付出过分关注进而打探的欲望，就像希望自己完全不被打扰一样，仅此而已。

　　我们结婚以后，他一直保着这种距离，如果我要缩短这种距离，他就会欣然前进，我只要一个轻微的暗示，他就立即停止。

　　这样的距离，在他母亲自杀以后，在我这里成为不可忍受的空间。直到我们用尽了各种试探，最终确定他完完全全是阳痿了的时候，这样的距离忽然再次发挥了它的魅力。

　　谁都不去缩短这样的距离：我们隔着这样的距离，遥望、猜想、怀疑，小心翼翼，害怕触碰，害怕伤害自己，害怕彼此伤害……我们像两头困兽，只有联手才能从困境中突围，可是我们却被隔离在不同的笼子里，无法协同作战。

　　在这样的距离下，跑步成了我每一天生活的闹钟，可以短暂地切断我连续不断的时间里浓雾般的压抑感。我像是和谁赌气一样，可以浑身是劲儿地一直跑下去，到我能轻易快速地奔跑到十三公里的时候，我心里偶尔又有了画画的冲动。我画画也开始狠狠的，像跑步一样。而阿呆的那句话，在我脑子里生了根，要是我们能有一个孩子，这个孩子会把这样的距离自然地填满，即使距离依然在，孩子的喧闹会淡化距离产生的疏离感，直到这个空间在意识里可以忽略不计。

◇ 泰山

现在，一到晚上，看到我的垫子在她的床头，我就知道他又抛下我们，一个人出去玩了。我总是守着她，除了跑步，有时候她连我早上出门尿尿和拉屄屄的时间都省略了，她越来越不在意我了，而我陷入深深的忧郁：因为我再也没有见到过如雪。

晚上，天气忽然变冷了。半夜三更，她忽然从床上起来，去开白色的冷盒子。很多时候，带肉的牛骨头就是从白色的冷盒子里拿出来给我的——难不成她刚才也梦见牛骨头了？我用长鼻子去碰她的手指，这是我的语言："嗨，我在这儿呢。"

她没有回应，只拿出一瓶水，转身开了厨房的门，提着水去了院子里。院子里很冷，但是我有厚厚的皮毛，我冲出去，冲到那棵大大的碧根果树下：通常棕色猫和灰色折耳猫就在这里对视调情，我以快速有效的方式巡逻一圈，看他们有没有留下什么。这时候她往大门那里走，但是门锁着，她又回头，绕过那两棵凤凰树，坐到了葡萄藤下。

她不说话。她不快乐。

我过去守着她，并用鼻子碰她的手，她的手指冰凉——冬天的很多时候，她都会把冻僵的手指和脚趾放到我的肚皮上几乎没有毛的那一小块地方取暖。我喜欢让她取暖，我们狗狗的体温比人高，我不在乎，我喜爱和她身体的任何部位接触。不过，她并没有像往常那样做，只是望着月亮发呆。

我叹息一声，趴在她的脚边，她忽然打了一个喷嚏。嗯，要是他在这里，一定会说"上帝保佑你"。

◇一丁

　　一早起床，觉得浑身无比乏力，还莫名其妙地感冒了。现在他出差的时候，除了发短消息，也开始偶尔给我打电话，一般都是一大早或者晚上很晚的时候，只字不提他的工作，只说："泰山好吗？你好吗？""你今天画了什么画？"这算不算他试图拉近距离的一个尝试？我也在尝试，尝试说服自己，我婆婆的自杀跟那次争吵毫无关系，我们之间身体的亲密交流的通道有一天还会再次恢复畅通，虽然完全不知道怎样恢复、如何恢复，但是我不允许自己这样悲观。

　　他决定把我婆婆的公寓租出去，约了几家中介，我需要带他们看房子。我故意等到离约定的时间非常近了才出门，虽然带着泰山，但我还是不愿意一个人待在那套公寓里。

　　已经有一个中介在楼梯口等着了，我们俩加一条狗，在非常拥挤的小电梯里，莫名其妙地有点尴尬——我猜得透他在想什么，他一定在想，是这个亚洲人拥有这公寓吗。

　　公寓里混合着尘土、家具以及上次漏水的潮气的气味。他四处查看房间，指点我们该收起来带走的东西，最后说："房子一定要好好地粉刷一遍，才能顺利地租个好价钱。"

　　泰山在房间里转悠一圈，它是一只非常好奇的狗，这样很好，至少它能搅动空气，弄出些声响。我们结婚后到她自杀前，见面的次数并不多，第一次见面，已经是我们在中国结完婚，在新西兰旅行三周后回到以色列。因为他经常出差，在他出差的时段，我从不会主动去见她。婚后来以色列两个月，我又回了趟中国，一待就是一个月。我和她保持的距离，比我和他之间的距离要远好几倍，必须在一间屋子里的时候，我把手机的电充得满满的，做出一副忙碌的样子，是你不问我不答的态度。

如果说和他的距离是为了保持长久的亲密关系，那么和她的距离就是为了免于任何责难和冲突——第一眼看到她，我就知道，这个波兰母亲，会跟我自己的母亲一样，有诸多挑剔，和她建立亲密关系是奢望，任何努力的尝试都将枉然。

在我眼里，他对他母亲也是客客气气的：西方文化里家人之间保有最起码的距离以及私人空间，我早已有所接触，所以，我亦不闻不问。只知道她幼年在集中营中度过，十三岁离开集中营的时候，失去了双亲、三个姐妹以及两个弟弟。作为一个孤儿到以色列以后，她勉强学习到初中毕业，服完兵役，学会了用打字机打字，在一个律师事务所一直做秘书做到退休。

第一个中介离开以后，我坐在餐桌前等其他两家中介。我看到我婆婆孤独地坐在餐桌前，食不知味地咀嚼，她一个人的公寓里，一定充满了她对恐怖集中营的回忆，作为一个大家庭里唯一的幸存者，这幸存对她来说，是不是一把内疚的刀，时时割着她的心？岁月流逝，这把刀却从来没有停止过，到最后，她的心已经面目全非。在这张饭桌上，一定有很多她与死于第一次黎巴嫩战争的丈夫的对话，一个女人如何应对在失去所有家人后再失去丈夫尔后寡居多年的生活，我不得而知。我没有能力安抚这样一个痛苦的灵魂，是一件憾事，因我很多年都一直忙于安抚我自己那颗赤裸裸的孤单而倔强的心。直到开始被深爱，被温暖了的自己才开始有力气注意到，不只是我自己，其他很多人也是需要安抚的。而这种意识，是泰山慢慢教给我的，因为，连一只狗都需要抚摩和对话，需要鼓励以及陪伴。

　　电话催了两遍以后，终于有人按门铃了。其他两家中介饶有兴致地到处拍照，说了些类似于第一个中介的话，就匆匆离开了。公寓里的光暗下来，我本来不相信鬼神，此刻倒希望我婆婆能在，这样，我就可以和她开诚布公地谈谈，让她别再住在她儿子的神经里，也别在我的梦里拜访我。

◇ 泰 山

最近诸事不顺，我和她每天出去跑步，都没有见到如雪，而再次到奶奶的窝里时也没有见到她——这意味着那片薄薄的甜腥美味的鱼皮也是没有的。我进去以后，找了一圈，未见奶奶，很失望，就叹口气，躺在沙发旁。和我们一同来的人，跟我第一次来这套公寓一样，进进出出地到处闻和看。

那人也没有见到奶奶，很快就离开了，是不是因为他也没有美味的鱼皮吃？很快又来了另外两个想吃美味鱼皮的人，他们也是满屋子转，最后都失望地离开了。

我的她坐在那里，发呆，像她昨天半夜坐在院子里一样。通常情况下，我们仨来奶奶这里的时候，她总是有很多时间和我玩，要是她不用像很多人一样，老是抚摩手里那个黑色的小盒子玩具的话，就总是在和我玩。这和在我们自己的窝里非常不同，在那里，她大半时间都不理我。

这一次，她坐在那里，我用鼻子去碰她，她看也不看我，只看着奶奶的睡房发呆，我只好假装伸懒腰，来掩饰我的失望和尴尬。

她忽然站起来，走到奶奶的睡房门口，对着墙说："你经历了很多，我也知道，不过，请你不要再住在你儿子心里，让他内疚，如果他能好起来，我向你道歉——就是我们吵架那次，你提到的，其实都是真的，那是我的错，非常愚蠢的错误。我现在，也希望，我们能有一个孩子。"

孩子！我其实也希望她能生个孩子，最好是三个，我们那
条街的笨狗罗娜家里就有三个孩子，他们和罗娜的高度相差不
多，不像她和他一样，总是高出我很多。三个孩子总是和罗娜
在公园里或者是沙滩上尖叫着奔跑追逐，我相信他们在家里也
是这样和罗娜追逐的，而且每次笨罗娜好不容易把他们扔出去
的东西叼回来的时候，三个小孩都激动地拍着手欢呼，好像笨
罗娜做了多了不起的事情。我每次见到罗娜，她都把尾巴翘得
老高。作为一条纯种的瑞士牧羊犬，我懂，尾巴高一是表示快
乐，二是表示骄傲，反正她不屑于跟我玩。

听到我的她说想有一个孩子，我激动地走到她面前，坐下
来，望着她，双眼一眨，表示同意。她低头来看我，用双手抚
摩我的脸——从眼睛下斜着四十五度，到嘴巴那个位置，再到
脖子上。我正要闭上眼睛享受，却忽然有种不祥的预感。果然，
她说："泰山，你说，他会不会过了他妈妈这一关，好起来，像
从前一样？如果会，你眨左眼；如果不会，你眨右眼……"

◇一丁

我请艾米莉和我去收拾我婆婆的公寓。

我们拿着很多纸箱子，也许艾米莉和她的同伴需要一些东西，剩下的，如果能用，我会送到专门接收捐赠物品的地方。我婆婆的私人物品，需要打包，放在楼下的储藏间里，等他回来处理。

我使尽巧妙的手段，尽量让艾米莉去碰婆婆的各种东西。取她那张冷而坚硬的照片的时候，我建议由艾米莉去爬家用的梯子，理由是她重量轻，我可以帮她护着梯子。

"她看起来还不算老啊，是得什么急病去世的？"她取下照片，边擦着灰边问。

"急病？"

"是啊，以前没有听你说过她生病呀，忽然一天就去世了，那我想肯定是什么急病咯。"

"哦。对……实际情况是，我并不太清楚，你知道我希伯来语一塌糊涂。"我嘴里说着话，脑子里却忽然被一道闪电照亮，雪亮雪亮的，不到一秒，在我能分析整个画面之前，立即再次陷入无边的黑暗。我扯着口袋让她把我婆婆的照片放进去，试图重新找到那道被闪电照亮的裂缝，以打破我婆婆自杀而带来的僵局。

"你知道吗？"艾米莉去取我从未见过面的公公的照片，那上面积满了厚厚的灰尘，她边用毛巾擦边说，"我们老乡中的很多人就怕自己的雇主得什么急性病，以色列人也很不地道，如果你的雇主五年之内忽然去世了，你觉得你有多大概率在三个月内找到一个新雇主？如果你运气非常不好，来的第一年就遇到这样的情况，那连当初为获得工作签证而支付的费用都赚不回来。"她边说边走下梯子。

"艾米莉，那么，你有遇到这样情况的伙伴吗？"

"感谢上帝，我认识的没有，但是我听说过类似的故事：三天前都是好好的，忽然有点感冒的症状，三天后的早上就叫不醒了。"她拉开我婆婆的抽屉，收拾里面的物件，将它们放到我粘贴好的纸箱子里。

"真有这样的情况吗？"

"真有呀，我老乡的朋友，就不幸遇到过这样的情况。我们当时还为她筹钱呢，帮助她度过寻找新雇主的那三个月，虽然我并不认识她，还是凑了份子。"

"最后知道是什么病吗？"

"不知道，人本来就老了，唉！"她眉头深锁，转身麻利地去拿柜子里的衣物，放到纸箱里。

"我见过你帮佣的那个老太太，挺硬朗的，相信她还可以活很久。"我用胶带贴好箱子，尽量让艾米莉去碰那些衣物。

"嗯。老太太其实很厉害的，在以色列建国前还参加过地下军事组织，后来在部队的职位应该很高，现在每逢国庆节，都有军方的高官来拜访。来，你帮我再准备一个箱子。"

"那就好，以她的资格应该会有超过一般人的医疗条件，所以，你不用担心。"我手上用力压着箱子，贴上胶带，脑子里却竭尽全力去搜寻那道亮光照进时我产生的对我婆婆自然的怀疑。

"嗯。不过她也要开始坐轮椅啦，拐杖已经不管用了，据说她有一条腿在独立战争期间受过伤。"

"哦。真是传奇人物呀。"

"是啊，不管啦，人有时候就是得认命。"她叹息一声，摇头对我笑笑，小巧的嘴巴里是米粒一样精致洁白的牙齿。

我忽然有一种想要吻吻她的冲动，而我的双手还在那个装满我婆婆衣物的纸箱子上。在芬兰的时候，我就已经不做裸模了，当初在中国长期做裸模就是为了挣足够多的钱，让我自己可以去芬兰学艺。最后那一年，我认识了一个金发碧眼叫米娜的姑娘，她听说我做过裸模，就求我去她的那个班做一次"自愿者"。

做完"自愿者"，她又求我让她一个人画我。我们窝在芬兰冬天暖气充足的木头房子里几乎一整天，我躺在一张线条简洁的沙发躺椅上看书，并不觉得有和她保持安全距离的必要。她画着画着，忽然丢下画笔，过来抚摸和亲吻我。后来，她给我画的那幅画，是我公寓墙上唯一的绘画，并且一直跟随着我，到以色列。

我满怀心事地和艾米莉在我婆婆的公寓里忙碌，心中涌动着无比饥渴又罪恶的波浪。

◇泰山

我那天晚上没有梦见骨头，也没有梦见棕色猫和灰色折耳猫，更没有梦见我像自己的先祖一样在原野上奔跑追逐。我梦见我们仨的窝里多了两个小孩，他们香喷喷、肉嘟嘟的，很多时候和我一样，在地上爬，摇摆着站立的时候，高度和我一样。我欣喜若狂，上蹿下跳，又舔又叫。遗憾的是，他们没有像罗娜家里的三兄弟一样和我一起快乐地你追我赶。我使尽了所有的力气，放低前腿，弓腰邀请；放平耳朵，高举尾巴，全力摇摆；伸出舌头舔他们的脸、耳朵、头发甚至屁股，这一切都不管用，我像透明的一样。

我挣扎着醒过来，因为听到厨房门打开了，她端着一杯水走向大院门口。用手去推院门，发现门是关着的，她又回头，呆呆地看看我，没有像往常一样说"泰山，过来"。

我感觉自己像在梦中一样，是透明的。

她转身穿过那两棵凤凰树，走向葡萄架。我去舔她的手和裸露出来的腿，像在我讨厌的梦里一样，她毫无回应，只呆呆地坐在葡萄藤下看月亮。

我睁大眼睛，叹息一声，躺在她身旁，和她一起看月亮。

第二部

赫尔辛基的夏天

◇一丁

他这次出差出乎意料地长，其实以前也有过时间这样长的出差，那时，除了甜美地思念，就是满怀激情地画画。现在，除了画画和跑步，我满脑子都是问题——她为什么要那么做？他究竟怎么啦？我要怎么办？

跑步回来的路上，顺路去邮局取邮件。好些日子不来，各种账单塞得满满的。拆开那封厚厚的邮件，里面是我飞芬兰的一张电子机票，以及一张祝福我们结婚一周年的卡片。

第二天，收到他的邮件，交代去什么地方寄养泰山、如何去机场，他会在赫尔辛基万塔机场出口等我等诸多细节。

我婆婆去世以前，他给过我各种让我惊喜的宠爱，最早是泰山的到达。我们还在中国的时候，有一次在西餐厅里，墙上挂着一幅画：一个中世纪的女人，着华服，坐在廊下的椅子里，面对着阳光下开满玫瑰花的院子做女红，她椅子后面的地上，躺着一只白色的大狗。点完菜，他去完洗手间回来，看我依然盯着那幅画看。

"那是谁的画？"

"无名氏。"

"你喜欢吗？"

"我喜欢那样一幅场景，设想如果是自己坐在那里是一种怎样的幸福。"

"你会做女红吗？"他笑，眼里全是爱恋。

"如果有那么一只狗陪着我，我会画画。"我风情万种地回笑。

回到以色列的第三天，我们在海边看日落喝咖啡。结账离开的时候，门口刚长出胡子的那个服务员，忽然想起什么似的对我说："哦，有个东西是给你的。"

"东西？"我莫名其妙地看着这个陌生的小伙子。他转身从旁边抱来一个纸箱子，上面绑着彩带。

我回头看他，他耸耸肩，摊开手，并示意我打开。

泰山从打开的箱子里探出毛茸茸的头来，一双好奇而又怯生生的黑眼睛盯着我，耳朵还软软地趴在头顶，粉红的舌头不安地舔着嘴唇。我失控而惊喜地哇哇大叫起来，小伙子和他都被我的表情逗得哈哈大笑。

我带泰山去查看他提供的那家"狗旅馆"。是在郊外的村子里，一块空地，搭着简易的棚子，用铁网隔开几十个笼子，笼子的后面是大概三平方米的"后院"，"狗旅馆"里提供吃喝，以及每天早上十分钟、黄昏二十分钟的散步服务。

笼子里有三只狗，对着泰山狂吠。泰山无心恋战，嘴里发出些含混不清的抗议，头垂着，尾巴僵硬地垂在两腿间，显然不喜欢这里。我知道，它好奇心强，聪明体贴，虽然看上去高大勇猛，骨子里却是胆小怕事，不愿意惹是生非的主，便说："泰山，没关系，我们不住这里。"

回到家，我给艾米莉打电话，问她能不能帮我照顾泰山：如果她的雇主不介意，泰山可以在她家院子里待几天；如果她的雇主介意，她只需要每天来添两次水和食物，早晚带它到几十米外的草坪散散步，陪它玩玩"叼过来"的游戏，但是，晚上要让它和人睡在房子里面，因为它从来都是睡在房子里的。应该付给"狗旅馆"的不菲费用，我很愿意支付给她。

　　她和雇主商量了，立即应承下来。

◇泰 山

我知道我今天一定有牛骨头啃了，因为我闻到了那熟悉的美味。下午，那个有着椰子味的小个子女人来家里了。是她，而不是我的她，给了我食物，在我的玩具框里翻拣整理，然后她牵着我，我们仨一起出去散步——我的他呢？难道他真的已经玩得完全忘记我们了吗？她没有跑步，我真高兴她没有跑步，因为这是非常闷热的一天。

散完步回家，居然是有椰子味的女人给我从白色的冷盒子里拿出牛骨头，我的她抚摩我，说了些什么——有时候她也会犯迷糊，不管给我指令还是抚摩，当我嘴里有一块带很多肉的牛骨头的时候，我的听觉和视觉都会失灵，只有嗅觉完美地工作，超越一切，控制我的整个世界。

等我啃完牛骨头，我意识到，她不见了。

我是一只狗，从来都讨厌不辞而别。从我到这个院子的第一天起，我就知道，有时候她出去玩是不会带我的。一开始我也抗议：掀翻一个花盆、咬断一根滴灌的水管，当然刨坑是最容易也是最好玩的，啃坏门前的垫子，而不是抚摩它——让它高兴，除了这些，还包括对天长啸——像我更远的先祖，狼一样生活在野外的先祖。

那时候，她一回来，只要看到她的眼睛一扫打碎的花盆，脸上的情绪起了变化，我就知道我做错了事情，我只是无法控制，也许那就是我有四条腿的原因。我有时候听到两条腿的人说："控制一下你自己！"他们是在开玩笑吗？如果骨子里升起来某种东西，那是控制不了的，至少四条腿的狗是控制不了的。我虽然难以控制地做错了事，但是她一骂我我就伤心难过，其他的任何人，包括他，要是他们对我不好，我是可以忍受的，但是我对她完全是一心一意，付出全部的爱，她对我凶让我心碎。我夹着尾巴，坐在房门的角落里，平时威武竖立的大耳朵紧紧地贴在脑门上，尽量不去接触她圆睁的怒眼。她说了很多话，除了中间夹杂着部分昵称如"坏狗""疯狗""讨厌鬼""天杀的"，其他的我都听不懂，但是每次她的声音到最高分贝的那一刻，我的右后腿就会紧张地悬在空中，颤抖两下。在我用眼睛乞求不管用的时候，我会侧脸低下头，深深内疚地看着地面，再慢慢地将头挪动到她的两脚间，匍匐着挪动我的身体，试图亲吻她的脚——这是我能表达的最高级的内疚和难过了。有时候，她会作势举起手，但是她的手从来没有落下过。不管怎样，她一停止吼叫，我就弯着身子去抚摩她，希望她能原谅我。很多时候，她都不理我，偶尔，我的内疚表情打动了她，她叹息一声，伸手来抚摩我，我立刻就狂喜地知道她原谅我了，那是我从最内疚到最幸福的转换时刻。后来，她每次出门都会抚摩我，说："你要乖乖的，不能犯错误，等着我回来。"我送她到大门口，她总用"待着"的指令，我能准确无误地分辨出里面的命令语气。我别无选择，只好在离大门两米远的地方坐下来，谁让我已经认准她是我们仨的头儿呢。

她一离开，我就会跑上前去，跳起来，把我的前爪轮流搭在铁门的几个小窗上，看着她进入那个大铁盒子。然后，引擎响起来，她玩弄着前面的那个圆圈，那么大一个家伙，就乖乖地跑起来。

我通常会对着空气于事无补地叫几声。

但是，今天，牛骨头的肉太多了，我根本没有送她离开，难道她就那么小气，因为我没有送她离开，就没有及时返回吗？

◇一丁

　　我在赫尔辛基万塔机场出口看到他的时候，忽然有种悲从中来的惆怅与伤悲。我从小独立自主，只相信自己，不相信眼泪。结婚一年，我悲伤无助地发现自己爱上了眼前这个带着大黑眼圈，在床上再也不需要我，满腮胡子的犹太男人。

　　我们像北欧人一样，冷静地轻吻、拥抱。

　　在出租车里，他紧紧地握着我的手，试图控制自己免得睡过去。到了酒店，我才注意到他有两个箱子：一个是经常留在办公室的拉杆箱，因为它从来没有在家里出现过；另外一个，是我熟识的。

　　酒店的床上、浴缸里、梳妆台上都撒满了红色玫瑰花瓣，茶几上有一瓶红酒、一大束白玫瑰。刚结婚那段日子，我时常暗自庆幸，如果要列数一个做情报工作的丈夫的优点的话，其中一个就是做事有紧密的计划和超细节的安排，他虽然时常不在家，可是生活的一切细节和舒适的需要都被考虑到。

　　"我得去洗澡，"他说，"如果泰山在，它会把我赶出去的，我浑身上下都是各种讨厌的气味。"我丰富的想象力将他整夜"工作"里可能出现的镜头带到我的脑海里。

　　"我不管。"我说着，从后面抱着他，深深呼吸他身上混杂的各种气息。他一边躲，一边说："我很臭。"我依然紧紧地抱着他。他反抱着我，拖着我慢慢去洗手间，看到满缸的玫瑰花瓣，哈哈大笑，说："他们真的太贴心了，我只是告诉他们这是我们的结婚周年纪念日。看看我这邋遢的样子，浑身是毛的身体，对这玫瑰花瓣浴缸是一种亵渎。"说着去开淋浴间的门。

我强行把他拖到浴缸前，说："没有什么比泡一个热水澡更让人舒服解乏的了。"然后捏着他的下巴，蜻蜓点水地吻他的胡须，说，"这个别刮。"

我在洗手间外，伴着浴室里哗哗的水声，围着他那个不回家只回办公室的箱子转圈。我偶尔会有强烈的好奇心，想知道他究竟是怎么发展阿拉伯线人的，但这样的好奇心会被他最简单的几个字"好奇害死猫"立即浇灭。好奇心会被收起来，打包放在心灵的某一个角落，好一段时间不会钻出来。转了三个圈后，我离开箱子，走到阳台上，呼吸我曾经呼吸了七年的清新空气，我从来没有在这样高的楼层俯视这个城市，波罗的海在蓝天下簇拥着它，海上小岛林立。我也从来没有设想过，有一天，我会回到这里，和我的丈夫——我从来没有设想过婚姻。

他选择赫尔辛基，实乃事出有因。我们度蜜月的时候，在新西兰博物馆里，有一张看上去非常平常的风景绘画，是莫蒂里安尼的。那张画并不是他非常出名的那种长脖子的优美弧形的女性肖像，而是他早期的作品。

他准确无误地道出了他的名字——虽然作者的名字被挂在画作的右下方，但是我确定我们的距离远不足以看清。我大为惊讶，虽然每天都在他身上发现新东西——恋爱里的人就有这样的本领，因为自己的美妙心境，连周围的美都变得随处可得，触手可及。我面对他，像是面对一座巨大的宝藏，以为从此以后世界会一直闪闪发亮地任我挖掘。我缠着他，要他坦白是如何取巧而知晓的。他却忽然说："你想明白我如何知道你是在芬兰学习美术的吗？就是当时你告诉我你曾经做过裸模，我也未必吃惊。"

"愿闻其详！"

"你在收银台给我零钱的时候，我看到你的耳垂上有一小块颜料——根据你最基本的外形和会说流利的英语这一点，可以断定，你不是油漆工。你的英语口音出卖了你，如果你是在中国学习的英语，很难那么流利，而你恰恰带有芬兰人的口音……"

"你会说芬兰语？"

"不，我受过语言训练，虽然芬兰人的英语非常好，但是他们依然有一些口音。你甚至有一个芬兰人经常使用的英文名字。这些基本的信息非常清楚。另外，你站在那里卖咖啡，是鹤立鸡群的样子，你跟周围的人和东西都不搭边，"说到这里，他吻我的额头，"你的身姿非常稳定，你可以用同一个姿态站立很久，这些不足以证明你做过裸模。但是，试想一下，如果你家里很有钱，大概不会在咖啡店工作。同样的道理反推，如果你家里不是那么有钱，你大概不可能去芬兰学习美术，你一定做过很挣钱的工作，而一个学美术的人大概也不会太排斥将自己的身体作为艺术，让别人去描画。"

我惊讶地睁大眼睛，眼前的男人，除了精通文学艺术，果然有超级强的逻辑推理能力以及广博的知识。

"当然，这些还不够。直到那天晚上，我在你公寓的墙上看到了那幅著名的《阅读》，"他笑，"我当时知道你身体的每一个细节。"他把手放在我腰上，再吻吻我的面颊，边走边说，"那幅画画的显然是你。你去厕所的时候，我看了上面的一个芬兰语签名：米娜。时间是七年前，根据你的岁数，那是中国人读大学的年纪。这证明我的大部分推测是对的。"

我呆站在那里，用自己的双眼轮换着盯他的双眼：原来一个做情报工作的男人，除了太过神秘，还可以这么有趣。"那么，仔细看着我，并再推断一下我身上还有什么是你不知道的。"

"现在我知道你是巴拉克太太，这就够了。"他吻我的眉尾。

我们一起穿过长廊，有几分钟的沉默。他忽然认真地说："其实，那些推理小说都是小说家编写出来的，我必须诚实地对你说，我们查了你。"

"我们？"

"对，我跟我的上司罗伊请婚假。我在中国遇见你的时候，是我三年一次的长假，整整一个月，我没有理由再加三个星期，所以我必须告诉罗伊。"

"所以，他查了我？"

他紧抿着嘴，眼睛里是一个肯定的答复。

"他懂中文？"

"不，他不懂。不过你知道，我们要使用懂中文的人并不是特别难。"

我似笑非笑地盯着他："这么说，我完全暴露了，像我做裸模一样，没有了隐私？"

"不，不，不，完全不是那样的。一般情况下，没有这个必要，只不过你不是以色列人，却又在欧洲待过，情况比较特殊。"

"他们还查到了什么？让我听听你们举世闻名的情报机构是否配得上它强悍的名气！"

"就是我告诉你的那些基本信息。我可以明确地告诉你，他告知我需要查你的时候，我就跟他说了，我的工作干了十五年，换一个工作可能对我更好些。"

"所以，'罗伊他们'对我的芬兰生活还满意吗？"

"不管罗伊了。有一天，和你一起在赫尔辛基的大街上散步也会挺有意思的。"

我站在窗前，这些往事，现在想起来，居然每一个细节都没有遗失，甚至他揽着我的腰时手上的温度、他吻我眉尾时呼到我脸上的温热的气息，仿佛都还在那里，让人留恋，让人泪湿。

惊觉他的玫瑰花浴时间过长了，我轻轻推门进去，发现他已经在浴缸里沉沉地睡过去了。搭在浴缸边大毛巾上的面容眉头深锁，长长的睫毛下的黑眼圈小了些，但是在蒸汽熏红的面颊上显得更加明显了。

我盯着他看了好一阵，他像婴儿一样甜美柔软，又像痛苦一样苦涩、坚硬，他是我过去人生里最美的邂逅，会不会注定成为湮灭在岁月里的一段美梦？

留下纸条，独自一人推门出去。赫尔辛基，曾经是我的城市。

◇ 泰山

啃完带肉的牛骨头以后，我并没有意识到发生了什么。直到黄昏，她全无踪影，那个有椰子味的小个子女人又来了。她给我食物，然后去开那个白色的冷盒子。

如果她要再给我一块带肉的牛骨头的话，我何必吃那盆所谓的有火鸡肉的硬邦邦的狗食呢？

她自己拿出一块白色的东西，放进嘴里。

我闻到一股奇香，虽然以前我的她总是说"不，泰山，你吃这个东西会拉肚子"，但我不知道什么是拉肚子，我的鼻子收到的信息表明它是我极想吃到的食物。我立即坐在她身旁——我总是谨记，如果要从人的嘴里得到食物，我得静静地坐着，像个乖孩子，不能碰，不能舔，不能跳，不能叫，只要用眼睛说话就可以了。

她一转身，看见我，说："哈，你也喜欢吃奶酪吗？但是你得先吃掉你的食物呀。"

我的大尾巴在地上扫了扫，大鼻子一张一翕地呼吸着美味。

她拿出几块那种奇香的白色东西，混到我的食物里。我狼吞虎咽地和着它们将所有的食物吃下去。

第一次吃完这么美味的东西，我们有一个愉快的黄昏。她和我在草坪上玩了会儿叼网球的游戏，虽然我的她要比她抛球抛得远得多，而且我有时候听不清楚她的"指令"，但是如果我不继续陪着她玩，她明天可能就不会继续给我那白色的奇妙食物了。

晚上她将我带到另外一个满是猫味的院子里。天黑了很久，我的她还没有出现，她究竟一个人在外面玩什么？稍后，我被带进屋子，这是一个全新的环境，让我暂时忘记了她。我到处嗅闻，有一个老太太坐在轮椅上，满眼慈爱地看着我。

我立即在她对面坐下来，一般新遇见的人总是很友好，要么会抚摩我的头，要么会给我什么好吃的东西。

"这只狗很乖，它叫什么名字？"

那个带椰子味的小个子女人从其中一个房间里走出来，说："太深。"

"'太深'，你好。"她说，伸出像棍子一样的手。我不确定她是在叫我还是在叫别的什么，但是我决定上前去舔舔她的手，算作认识。我一靠近她，就闻到一股非常强烈的我奶奶消失以前嘴里才会喷出来的气味，那气味除了我奶奶，我从来没有在别人的嘴巴里闻到过，所以，印象深刻，而且，这两种简直就是一模一样。我们狗的鼻子，对人类的帮助是很大的，我听说有些狗狗在医院工作：他们通过气味帮助医生诊断病人的情况，这听起来是不是很疯狂？一只狗狗不和自己的主人在一起，守护着他，却去医院工作，他们这样生活，肯定不会快乐，因为他们违背了狗狗的三大使命：玩、吃、睡。

闻到这样的气味，让我怀疑我奶奶可能在其中一个屋子里。她有没有为我准备那块带甜腥味的鱼皮？我飞快地进入每一个屋子查看，以期能找到奶奶。

我没有吃到那带甜味的鱼皮。房间的灯很快灭了，我看到我的垫子在厨房水池前的地上，只好走过去躺下。如果那小个子女人懂我的语言的话，她应该知道，我非常失望和不安，我的眼里一直有一个问题：我的她究竟在哪里？

她是不是已经回来了？她要是回来了，我不在，不能抚摩她，也不能守护她，她会不会非常悲伤，流出有咸味的水？我这样想着，很忧伤地入睡了。半夜，强烈的拉屁屁的冲动将我惊醒，我本能地知道，不能在自己睡觉的地方拉屁屁，但是那股冲动像海边的浪花一样，凶恶地一道一道涌上来，我必须找到有土的地方，而这个奇怪房子里的每一道门都是关着的。

我去抓挠通向院落的门，房间里我不熟悉的气味让我更抓狂。我的她呢？在我们窝里，我只要用嘴碰碰通往花园门上挂的钥匙，上面的小铃铛就会发出声音，这是我们的暗号，一听到这个声音，她就会来给我开门。现在，我在用爪子抓门，她还是没有来，那个有椰子味的小个子女人也没有来，那个和我奶奶嘴里有一样气味的轮椅上的人也没有来。

谁都没有来！

我开始小声呜咽，一只四条腿的狗能做的只有这些了。我控制不住自己了。

那天晚上，我控制不住自己四次。

◇一丁

我直奔阿黛浓美术馆，最后那两年研究生课程，有一大半时间我都泡在里面，只要一个简单的三明治、一瓶矿泉水，就可以在里面忘情地临摹一整天。

这个城市好像从来不会翻篇，还是几年前的样子，我虽然从来没有刻骨铭心地怀念过它，但是它记载了我十八岁到二十五岁轻而易举的翻篇生活：头也不回地背对着我那对冤家父母，勇敢奔离他们，勇走天涯。那是一段自由的时光。那七年大多是肆意的艺术快感，像是对乱七八糟的生命的一种现世报复，只是冬天有点冷，日照特别短，黑夜却那么长，让人总想找一个人，可以取暖，能够说话，仅此而已。

我在大街上迈步，连电车的线路和方向都没有改变，空气还是那么清冽，我对自己的欢快一点也不陌生。多年来，在我千奇百怪的梦里从来没有婚姻，也许是因为我知道，我其实不能成功经营婚姻。

来程的飞机上，我一直在纠结，我们是不是应该全部摊牌。他母亲的自杀、他的阳痿、他的工作，好像全是他的问题，我的问题是什么？我的问题是，我们有孩子的时候，我不想要；现在我们那么需要一个孩子，却不能有。

阿黛浓美术馆售票处的柜台还和以前一样是鲜艳的红，里面挤满了人，有不少是亚洲人。我在的那几年，只偶尔会听到中国话，我凝神静气地临摹，听到他们在我身后说着中国各地方言，几乎所有的评价都是没看懂绘画的结果，看得懂的人大概是不会张嘴说话的，有眼睛就够了。

美术馆里正在展览日本人的浮世绘，我对浮世绘并无特别的兴趣，就去了永久馆。在那里，我当初认真临摹过的很多画作都还在。我站立在那些比我们所有人的生命都长的画作前，凝视当初那个描摹的自由少女，她现在情不由己，再也不能肆意妄为，不管不顾，因为她生命里有一只狗、一个男人，他们是她的家人。

就像命中注定一样，我忽然从美术馆高空的大窗户里看到了挂在辅楼墙上的一张宣传画，那是莫蒂里安尼在"巴黎的波西米亚生活"时期的那幅巨大的裸女画。巨幅广告上显示辅楼专门为他开了特展，共有八十多幅作品，包括雕塑及纸质作品。挂幅上的裸女有着金灿灿的身体、乌黑的头发、长得几乎比例失衡的脸和腰身，两只眼睛的形状甚至都不一样，还有深不可测的安宁中氤氲致命的忧伤。她躺在那里，看着画家，或者说看着我，手放在私密部位——如果想象力丰富一点，可以想象她在抚摩自己。我在那幅画前凝视了几十分钟，我想，一个不算特别年轻的女人这样凝视一幅有性暗示的裸女画作有点欠妥当，可是我早从十六岁开始就练就了把绝大部分探视眼光透明化的本领，这本领让我可以轻易忽略掉自己以外的世界，而只在我自己的世界里静默生存。

我在莫蒂里安尼的特展厅里徜徉，最后来到莫蒂里安尼为他的妻子珍所画的那幅著名的画前：珍穿着蓝色的衣服，有眼睛但是里面没有眼珠。传说莫蒂里安尼曾表示要对珍有了灵魂解构以后才会画上她的眼珠。我站在珍的面前，她没有眼珠的眼睛是忽视我的，她的双手，放在微微隆起的肚子上，她怀孕了——她最后自杀的时间，是在莫蒂里安尼死去后两天，当时她肚子里有个两个月大的婴儿。

"他也许根本不知道她怀孕了。"一个声音在我背后说。我转过头，看见一个四十来岁头发已经白了一半的男人，他盯着那幅画，不知是在自言自语还是在和我说话。我静默地看着他，视线慢慢越过他的肩头，望向远处珍的另一幅长颈肖像。

把莫蒂里安尼的作品看完，已经是下午两点多，在日照长长的夏季，赫尔辛基好像刚醒过来一样，时间从来没有那样充裕，黑夜好像永远也不会来临，一切爱与轻狂的偶遇，都还有足够的时间发生。

我在顶层的咖啡馆喝咖啡。以前来阿黛浓美术馆，除了被人请到这里喝咖啡，从来没有自己上来过。窗外，是迷人的城市风景，辅楼上挂着的那幅裸体女人在高处意味深长地盯着我，仿佛要说话。

隔壁一个美国家庭离开以后，有个男人坐下来，注意到我和楼上的那幅裸女对视，说："你不会赢的。"

我回头看他，知道他是和我一起欣赏那幅珍怀孕的肖像的银发男人，问："你的意思是？"

"你不会赢的，她会看得你灵魂出窍，而你永远也看不懂她。"他对我举举手里的咖啡杯。

我也对着他举举我自己手里的咖啡杯，在喝咖啡的二十分钟里，我避开男人的眼光，对着裸女，说服了自己，不要给他机会，让他带你回他的酒店；我也说服了自己，不要探讨，不必摊牌，要来的会来，该走的会走。

出了美术馆，看到街对面有个长发男子跑向M1路电车。我依然清楚地知道怎么从这里去渡轮岛：M1两站以后，我需要走路一分钟，过街换到M线，M线会穿过跨海大桥，七站，需要大概九分钟，到站后，再走三分钟就可以到渡轮岛的教堂，从教堂东面的那条街往西拐两次，大胸的米娜就住在那栋三层公寓的一楼……

我站在美术馆对面火车站旁的公交车站，足足站了十分钟。M1路过去了两趟，我看到自己跳了上去，像七年前一样，两站后，过街，换车，过跨海大桥，七站路，看到了教堂的尖顶，我看到米娜站在公寓的石阶上，怀里抱着一个婴孩，那婴孩正在揉搓她曾经有着粉红乳头的沉甸甸的乳房——这乳房现在已经下垂得厉害。

我推门进酒店的时候，他还在床上，显然是我推门的声音弄醒了他——粗略算算，他睡了近六个小时，他究竟有多少个夜晚没有睡觉了？我站在床尾，身上还有外面阳光的温度，手却是凉的，他的双手从被子里伸出来，向我张开。

我立即脱掉外套，爬上床，趴到他怀里，让他身上的气味紧紧地包裹我，让我明白被爱和爱都在。他亲吻我的额头，用手抚摩着我的头发，说："你去会老情人啦？"

"是的。""罗伊他们"查我的时候，是否知道有个米娜呢？

"老情人怎么样了？"他在我的头发上亲吻。

"老情人都有三个孩子了。"

我看到生活本来有很多种可能，而我在那个最美却又始料不及的圈套里。

◦ 泰山

我一直没有睡好，自己的便便并不好闻，而且因为是喷射状拉了四次，地板上没留下多少我可以舒服地躺下的地方了。

早上，小个子女人只尖叫了半声，就用手使劲掩上了嘴。她急急忙忙地把我放出去，花园里有三只我不认识的猫在角落橙子树下趴着，我毫不犹豫地冲上去，即使不在我自己的院子里，猫也总是让我厌恶，何况此刻我心里又羞愧又愤怒。

我听到房子里传来第二拨女人的尖叫声——来自那位嘴里和我奶奶有一样味道的人，接下来是高声说话的声音。我独自待在这个陌生的院子里，足足有两个钟头，没有人抚摸我、说早安，没有人带我出去拉屁屁和尿尿，没有食物，没有水，我只好百无聊赖地梳理自己的毛发。最后，那个小个子女人提了我的链子，套到我的脖子上。嗯，她终于想起来，我是有早上散步的待遇的。她另外一只手里提着口袋，里面装着我的食物、我的玩具，以及我的食盆和水盆。

我被立即放回我们仨的院子里，我身上还有自己屁屁的气味。她在食盆里放上食物，又在水盆里加上水，转身要走。我没有吃饭，跟着她，我的眼睛里有很多问题，其中一个最首要的问题是：我的她在哪里？

她不够智慧，读不懂我的问题，只是对我叫："去！去吃饭！你这只讨厌的脏狗。"她说完，用手势驱赶着我，然后离开了。我立即到处查看自己的领地，显然折耳灰猫和棕色猫在我的院子里撒过欢，灰猫尿过尿，棕色猫的便便在杧果树下——
这一对流氓！

我一整天都在想她和满院子巡查中度过，一点胃口都没有。
下午，小个子女人又来了，给我加了水，往我没有动过的食物
里加了那种奇香的白色食物，我就狼吞虎咽地吃开了。在她离
开的时候，我追着她到院门口，我大大的渴望的眼睛里有很多
问题，她为什么那么笨，一点信息也读不到？

黄昏来临的时候，孩子们在院子外的草坪上尖叫，通常，
这是她带我出去跑步的时候。我跑到廊下玫瑰花旁查看过好多
次，害怕她偷偷地回来了，我却没有看到。有时候她涂抹那些
带颜料的棍子过久，会忘记跑步——是的，我的肚子里装着闹
钟，对每天什么时候干什么都清清楚楚——所以，我总是要去
提醒她。她不在那儿！我去嗅那个放板子的木架子她确实没有
回来过，那个木架子上面的气味是她两天前留下的，而且正在
淡去。草坪上孩子们玩耍的尖叫声让我抓狂，木架子上正在消
失的气味也让我抓狂，阴影里好像灰猫经过的影子更让我抓狂。
天完全黑下来了，我在花园里拉了五次屁屁——我不知道这是
不是因为我太抓狂的缘故。

孩子们早已经散去，院子外连车都少了，我从黄昏的时候
就死死守在门口——我害怕错过她回来——到现在失望地坐在葡
萄藤下，即使她不在，我也应该坚守我的岗位。

整个夜晚，那么漫长——先是棕色猫和灰猫，它们在邻居的
院子里对视，摇着尾巴，刺猬母子在我进入不了的树洞里蠢蠢

欲动，月亮爬得老高了，猫头鹰在什么地方鸣叫。我一会儿睡一会儿醒，醒过来的时候，总要跑去大门后以及房屋的门口嗅闻——如果她回来了而我不知道，那我会恨死自己的。她一直没有回来，我是一只有四条腿的狗，学不会两条腿的人那样控制自己，我很难克制自己担心她。

等待，是我生命里每一分每一秒的全部。

◇一丁

在赫尔辛基，我俨然成了他的导游。我甚至能说那些仿佛已经被遗忘了的芬兰语。在刚开始的那些天里，我铆足了劲儿，好像要让他再爱上我，激情重燃。

一开始，我看得出来，他脑子里还装着某一个"阿拉伯线人"，虽然他很努力地配合我的努力。他走神的时候，我会问自己，他和自己交流的时候，是用阿拉伯语还是希伯来语，或者是英语。反正他不会用中文，他多年不结婚，为什么却在短短的两周里娶了个中国女子做妻子？他此刻和我在一起，是那个叫穆罕默德·阿布的进出口公司总经理，还是另外一个在黑暗的街巷里试图摆脱一次可疑跟踪的黑衣人？

我们没有任何计划，随意漫游，逛博物馆、民居小巷、特殊的建筑、教堂、咖啡馆和餐厅，都是没有计划的。我使出浑身解数，感觉自己从来没有在男人面前如此不自信，我只一心一意要他重燃激情。

我一直在观察他，也在观察我自己，我相信他知道我在观察他——如果他连这样的洞察力都没有，他早已转行了。我观察他眼中的自己，我观察他小心翼翼地避开我的光芒。当我用愉快动人的声音和侍者开玩笑的时候，当我在酒店前台与英俊的金发青年用芬兰语风情万种地谈论天气的时候，他总是微笑地看着我，像一个看着喜欢调皮捣蛋的小妹的兄长，满眼的宠溺。他一定看到了我的这些"反常"，他只是不能打击我，这些

"表演"都不管用，因为他自己也没有"管用"的方法。

一开始的几天，一到晚上，我们都互相暗示，说"太累了"，然后"开心"地躺在床上谈论白天的所见所闻，最后很"自然"地各自入睡。

到了第五天晚上，晚餐的时候我要了红酒，离开餐厅以前，坚持带了一瓶——理由是那瓶红酒是我以前爱喝的，是我青春的回忆。

我没有打算将自己喝醉，我只是希望借一点酒精壮胆，说些想说的话，做些自己不喝酒的时候害怕做的事情，不再"表演"，做回自己。

我们一样没有成功。

"你为什么不想要我了？"我喃喃自语——我身体需要他的程度远远抵过自己的神经需要他的程度。年少的时候我希望有一个真正的父亲，其他的时候我的神经对男性绝缘，这也是同性恋阿呆是我最紧密的朋友的原因——我把他当女的。这是我的神经第一次那么迫切地需要一个男人，它们像千万只手，在我的身体里绝望地伸向他，却永远触不到！

"我从来没有像现在这样想要你。"

他蜷缩成一团，像个婴孩一样。

我翻了个身，酒精让我很快就入睡了。

半夜醒来，看到波罗的海上空的皓月，他还是婴孩那样的姿势，只是转到了另一面，沉沉入睡。我飘离到了波罗的海的夜空，那个飘离了的我，站在窗外，远远地看着我和他，她问：

"你真的爱他吗？你为什么爱他？"

我为什么爱他？这婚后的一年来，我的生活完全掀开了新的篇章，和一个几乎还是陌生人的男人一起生活，没有曾经设想的那样无所适从、纠结犹豫，真切的被爱着的感觉和泰山的陪伴，让我体内遗失已久的对另外一个有温度的生物的信任充盈起来，我感觉到了"家"，家里有我，有泰山，还有他。

我在很多不经意的瞬间产生了对他的欣赏和依赖，虽然他总是出差，但我的日常生活没有出现任何意外，所有的日常计划和琐事都被他安排得妥妥帖帖，包括最琐碎的细节以及人生里的重要时刻。而我感觉到强烈爱意的时候，是从机场出来，看到他站在那里，带着两个大黑眼圈，他疲惫的脸上荡出真心实意的笑——我是爱他的痛苦吗？那样的痛苦，真实地裸露着，但是他根本没有意识到，这并没有让他显得可怜，相反，他如此无意识地忽略这些痛苦，让他显得无比坚韧。他没有意识到自己的痛苦，就像我以前一直意识到自己的痛苦一样真实，我们像两面对着的镜子，映射出彼此的背面。他一定知道我的痛苦，因为他自己就是那么痛苦，他只是从来不屑用语言安慰，他只是竭尽全力地宠爱，他一定知道，爱是唯一的解药。

夏季的赫尔辛基，夜特别短，我知道梦是做不长的，不该喝酒的悔意扰乱了接下来的睡眠。

第二天，我们不约而同地决定去热闹的购物中心。

我们在商场里逛了很久，在咖啡馆和餐厅徘徊，我和他在喧闹中玩学生时代常玩的纸牌游戏。

静默来临的时候，是在购物中心旁边的静默教堂。作为犹太人，我不知道他是不是排斥进教堂。我读书的时候，还没有这样一个用木头做的，像巨型水桶一样建在繁华购物中心的静默教堂——设计师试图放一桶巨大的木质的静默，在喧闹的购物中心，居心何在？

我先走进去，静默让我心里生出很多尴尬，是昨晚的努力与期盼落空后的尴尬和狼狈，以及一种伤害了他也伤害了我自己的深切悔意。从此以后，不碰、不想、不探究，要来的会来，要去的就让它去！

我喜欢极了静默教堂的设计，最重要的原因是它没有圣像，没有耶稣受难的血腥或者圣母玛利亚低首的纯洁，在那些完全用木头堆砌起来的空间里，有着一个人可以面对自己灵魂的静默。

他随后跟进来，坐到我的身旁，慢慢地找到我的手，紧紧地握着。我转头看他，他在试图用眼神说话，像泰山有时候一样，静默、痛苦而深情。这样不发声的力量，抽打着我，让我产生剧烈的疼痛以及爱意。

"我第一天去阿黛浓美术馆的时候，看到了莫蒂里安尼的画展。"为了不让眼泪掉下来，我轻声地说。

"有哪些作品？"

"没有我们在新西兰看到的那幅，很多是他后期的典型作品，你知道的，长脖子的女人肖像。当然，有好几幅是他妻子珍的肖像画。"

"我不知道他的妻子叫珍。"

"有好几幅，珍的眼睛是空洞的，里面没有眼珠。"

"我记得那是他绘画的特点之一。"

"他说，他要等对珍的灵魂有了解构以后才会画上她的眼珠。"

"……"

"我认识你一年零两个星期……"

"我觉得我认识你很久了。"

"……"

"如果你有一天要画我，请记得一定要画上眼珠。"他依然紧紧地握着我的手，此刻他低头亲吻它们，然后转头去看静默教堂的天花板，再转头来看我。他的眼珠有时候带些深绿色，有时候带些深棕色。此刻的深棕色里，荡着几世的沉默，像泰山的眼睛一样。

"珍自杀的时候，肚子里有一个两个月大的婴儿。"

"这样啊。"

"你觉得他知道吗？"

"他？"

"莫蒂里安尼。"

"他其实应该有些癫狂。"

"癫狂？"

"是的，在画画上。"

"所以，你认为他是不知道她有两个月身孕的？"

他没有说话，握着我的食指轻微地抽动了一下。

"但愿他不知道。"我说。

第二天的飞机是黄昏时候的，我们一早去了伴侣岛，其实时间算起来会略显紧张。我记得我和米娜在夏天的时候去过好几次，每次都有情侣结婚，米娜总对我说："有一天我也要在这里结婚，生三个孩子，为芬兰的低出生率做贡献。"我回中国后一年，她嫁了人，依然住在渡轮岛，嫁的男孩是我们那一群里我最不喜欢的那一个。

伴侣岛果然有人结婚，我们手牵着手，看到新郎和新娘认真享受地完成不短的仪式，等到他们好不容易结完婚了，相拥一吻时，我和他也相拥一吻。

◇ 泰 山

　　那个小个子女人等太阳老高了才来。她拉我去草坪上，也不和我玩球，只等我东闻闻，西嗅嗅，就又把我带回我们仨的院子里。

　　她在离开以前，给了我一块牛骨头，还有加了白色奇香的食物。我满足地一会儿吃食物，一会儿啃牛骨头，这样的两个小时过去以后，我非常困乏，禁不住睡了过去。一觉醒来，我赶紧去查看大门和房子的入口，我的她还是不在。她放木板的架子还在那里，她留在上面的气味几乎完全消失了。午后的阳光非常强烈，我只好躺在碧根果树下喘气，偶尔打盹儿，从中午到黄昏，我拉了四次屁屁，因为没有力气，只刨了三个坑，撵了五回猫——实际上它们经过我院子的次数更多，我只是累且乏了，最主要的是担心、悲伤，继而是恐惧。

　　整个下午，我都守在前院里，听草坪上孩子们的尖叫，关注每一辆开过去的汽车，等待成了我生命里每一分、每一秒的主题。我是一只四条腿的狗，我有时候也无能为力。

　　接下来的那几天——我生命里最漫长的时光都是这样度过的——我大部分时间目不转睛地注意院子外的每一个可能的动静。每一次有人开门的时候，我都心跳加速，可是每次来的都是那个小个子女人。我对着她呜咽，或者抱怨地吠叫，甚至讨好地舔她的脚，完全没有用，她偶尔带我出去走走，有时候给我加水，有时候给我加食。后来牛骨头也没有了，连不带肉的牛骨头都没有了，那种白色美味的食物也没有了。我对食物也失去了兴趣，有时候一整天都不会去碰一碰，到最后，我甚至任由鸟儿啄食。

这些天里，我有时候在院子里疯狂地奔跑，有时候牙齿恨得痒痒，咬一切我能咬的东西——她放板子的木架、她躺着看书的椅子、铺设的滴灌管子，甚至玫瑰花的花茎——为此我的嘴里起了一个大血泡。我也咬过铁门框——说实话，味道真不怎么样。我还咬过门前的垫子：我没有心情抚摸它，让它发出"嚓嚓"声，这个游戏原本是在进房门以前做的，而我现在进不了房门。我做这些事情，是迫不得已的，我无法控制自己，如果她在，只要她让我尝尝她的手指，闻到上面的花椒味，我就会立刻安静下来。

院子里到处是深深浅浅的坑，还有我一天拉好多次的屎尿。

我觉得她永远都不会回来了，我甚至开始淡忘她独有的指甲缝里的花椒气味，我是一只狗，不能控制自己的担忧和恐惧，她是我的主人，只有和她在一起，我才能安心快乐。

我一直守在大门口，紧紧地守着，不愿意离开一步，甚至晚上我也守在那里。我不能做其他的事情，我唯一能做的事情，就是守在那里，我生命里的每一分、每一秒都只能是这样紧张地守候。最后，那个小个子女人也不来了，我在夜里和白天，间隙性地嚎叫，没有我先祖的激情，只是失望、悲伤以及恐惧。

天上的月亮圆的那天，我又饿又渴，嗓子也哑了。

那一晚，我看到了我的宿命：她一手牵着一个孩子，从院门口走进来，坐到葡萄藤下。我用鼻子去碰她，说："嘿，我在这里呢。"但是，我的鼻子总是碰不到她，我仿似透明的。

◇一丁

　　到家的时间是深夜，飞机一落地，我就那么急迫地想见到泰山，此次离开它，是除了上次回中国以后的第二次。我和泰山之间因为时间而建立起来的感情和相互依赖，在这次短暂的别离中，显示了它强大的力量。它成了我生活的一个重要部分，是我们仨的一分子，毫无怨言地听我说话，能读懂我的情绪，长情地陪伴，回答我的问题，甚至通过眨眼睛来帮助我做出判断——泰山在我的婚姻出现严重问题的时候，是一个从不评判的最好的听众。

　　出租车到家的时候，他忙着从后备厢里提行李，我听到了泰山从喉咙里发出的奇怪声音，我等不及他开门，把自己的手伸进大门上开的小窗，让它舔。它的舌头热乎乎的，喉咙里边发出奇怪的"嗞嗞"声响。

　　我们开了门进去，泰山匍匐在地上，像一个虔诚的教徒，吻着我的脚。往常从外面回来，它会向我们奔跑过来，摇头摆尾，平时直立的耳朵以收紧的姿态靠在头上，一旦跑到身边，它就用鼻子碰碰，打个招呼，就转身飞奔着去院子转跑一圈，发出一两声吼叫，表明自己在看家护院。可是今天，它匍匐在地上，四肢激动地抽搐，喉咙里发出不正常的"嗞嗞"声。

　　我很快闻到了它身上的大便气味，随后看到它漂亮的皮毛上面有便便，以前纯白的颜色现在变成了浅黄色。我抬起它的头，它因为激动而频繁地伸出舌头，可以看见，它眼角周围有很多污迹，好像从我们离开的那一天起，就没有人清理过它的眼睛。

我试图以往常它喜欢的方式，双手从它眼睛下方开始抚摩到它的脖子。通常我这样抚摩的时候，它总是闭上双眼，不断地轻吐舌头，幸福地享受。这一次，它非常反常，张嘴狠狠地吮咬我的双手每一根手指，喉咙里还是发出不清楚的"唑唑"声。我甚至发现它出现了尿尿的情况：泰山幼小的时候，会因为激动而发生这样的情况。

我跪在它身旁，试图抱它，它嘴里依然发出焦虑的"唑唑"声，用牙齿咬我的双手，舔我的衣服和裤子，完全无法安静下来。

"它瘦了很多。"他说，带着疑虑看着我。

它的食盆和水盆完全是空的，我立即给它食物，往盆里加水。它急急忙忙地吃，几乎噎着，不断地抬眼看我，带着警觉的眼神，警觉的后面，是受伤和恨意。

我们坐下来，看着它吃。它吃完后，立即到我的脚边躺着，舔着我的脚，并没有跑动的它，依然因为激动而急速地喘气。我们一起良久地抚摩它，然后给它洗澡。

收拾停当，终于可以坐下来时，它一直盯着我，它盯着我的眼神，让我浑身激灵——这双斜着长的黑眼睛后面有一个灵魂，这个灵魂和我们的灵魂一样，会疼、会紧张、会难过，甚至会谴责——整个夜晚，我都能感觉到那双眼睛里的谴责。

我从十六岁开始，完全靠我自己，脱光衣服站在光和眼光的面前，从来没有觉得冷。现在，泰山的眼神，居然让我觉得冷，它的两个黑眸子里面藏着巨大的静默的力量，它在谴责和鞭打我：一个永远也无法开口的生灵，能做的只是这样了，用眼睛看着你，直看到你丢了魂。

它那晚先是不肯睡觉，它只是紧紧地跟随着我，好不容易打个盹儿，我们在沙发上动一动，它立即醒过来，警觉地盯着我们的一举一动。

我忽然明白，我是它唯一的依赖。我一向认为自己坚韧强大，不喜欢弱者，但是，此刻它在我的面前，看着我、守着我，我知道，在它眼里，我就是它的神。这让我想哭，被需要和被依赖没有想象得那么讨厌。

那一晚，是我们俩都在家的时候，泰山第一次睡在我们睡房的地上。

◇ 泰山

　　我一直做得很好，把她当作老大，绝大部分时间顺从她的"指令"，白天、晚上守护着她，陪她玩，陪她长时间用棍子涂抹板子，赶走院子里讨厌的猫，半夜三更陪她到院子里散步，守护着她欣赏月亮。

　　我做出了承诺，就一直坚守我的承诺，从未背叛。可是她背叛了我，她违背了我们在一起的诺言，离开我很久，害我担心，害我恐惧，因为没有我的守护，我不知道她会出什么事情。

　　我肚子里装着闹钟，她离开我整整七天，因为担忧，我每天拉很多次臭臭，担忧和频繁地拉臭臭让我紧张、精疲力竭，因为我是四条腿的，而不是两条腿的，无法指挥那个大铁盒子去寻找他们，我绝望无助，对天长嚎，嗓子都哑了。

　　她回来后的第二天，我得到了一大块带肉的牛骨头。我能抗拒牛骨头吗？这个问题总是有一个肯定的答复：不能。因为我是一只绝顶聪明的瑞士牧羊犬，我的鼻子比人的鼻子要灵千万倍，它受我体内祖先的基因指挥，带肉的牛骨头对我来说是致命的吸引。闻到牛骨头的气味而能拒绝的狗鼻子，嗯，我想想，这个世界上，当然不会有。不过，当她给我那块煮得香喷喷的牛骨头的时候，我一边闻着那种无力抗拒的气味，一边死死地盯着她，休想用一块牛骨头转移我的注意力，等我啃完，你就不见了！

　　她坐下来，在我的牛骨头旁边，开始抚摩我。我闻到她脸上带咸味的水，但是很快被牛骨头的香味掩盖。确定她不会走以后，我才开始啃骨头。

现在当她坐到桌子前的时候，会允许我把前腿搭在她的双腿上，她用双手环抱着我，头放在我的耳朵之间——我如此陶醉于这样的时刻，控制不住自己的舌头反复地去舔我的鼻子。她说着废话。"你看，这是我的桌子，这个是手机。"她指着桌子上那个她和他都离不开的黑色盒子玩具说。我特别讨厌这个叫手机的玩具，因为它除了能发出几种单调的声音和一些光外，并没有什么有意思的气味，却能获得她和他随时不断的反复抚摩，人类真是愚蠢，怎么会对这样的玩具如此入迷。"这是我的电脑。"她又指着一个发着光、有点热的东西和我说。我闻了闻，没有任何气味，我把我的长鼻子放在那个东西前，有些黑色的方框在我的唇吻下跳跃。

"哈哈，泰山，你在打字吗？"她故意用很快乐的声调说话，她的情绪那么高，显得有点造作，我知道她试图讨好我。

我用了七天的时间，慢慢地原谅了她。我本来需要更久的，但是我原谅了她，因为我们有约定，她是我的老大，而且，我完全离不开她手指缝里的花椒气味，这种气味，其他任何人都没有。

◇一丁

我拿着钱包去找艾米莉。

她雇主院子外的街道上停满了车，我走近时发现大门上贴着那张我熟悉的告丧告示，我不确定那个去世的人是不是艾米莉的雇主。在街上碰到艾米莉和坐在轮椅上的雇主一起散步的时候，我会打个招呼，一开始那个雇主认识我，后来我怀疑她渐渐地不认识我了。

隔着庭院，可以看到客厅里有人走来走去，我犹豫自己是否应该推门进去。我并不认识她的儿女，所以如果要说些节哀顺变的话，也会显得奇怪而不得体，况且我因为婆婆的葬礼和守头七的时间有不愉快的经历，所以，在院门前犹豫片刻后，我最终决定转头离开。

刚走出去几米远，忽然听到有人叫我，回头一看，艾米莉手里提着垃圾袋正站在院子前垃圾桶旁。

她丢掉垃圾，急切地向我走来，嘴里说着我听不清楚的话，待她走近了，发现她满脸的凄惶，眼睛里甚至要流出泪来。

"我的雇主去世了，上帝啊，这种难以想象的事情，居然落到了我的头上。"

"哦。怎么回事？"我伸手去扶她的肩膀，试图安慰她。

"不知道，就是忽然有一天早上醒过来，不舒服，去医院两天就过世了，昨天晚上刚去的。"她的泪终于滑出来了。

"真是大不幸。"我从不在人前流眼泪，也讨厌别人在我眼前流眼泪，我认为安抚一个不是自己至亲的人是一种不得体的轻视和侮辱，她如此凄惶，但我不知道是否应该拥抱她。

"你知道，我得立即着手找下一个雇主，我还得找地方住。"她抽噎着说，低头用右手拇指去搓左手食指上的一块黑印。

"哦，对了，我来给你钱，这钱反正也是要支付给'狗旅馆'的。"我从钱夹里拿出预先准备好的钱，又往里加了五百块，本来从一回来就在脑子里盘旋的各种关于泰山的问题，此刻悄无声息地变成了这五百块钱。

她抹着眼泪，接过钱，都没有数，说："还好，她的子女没有怪我，他们还算是不错的人，说头七以后，我可以继续在这里住两周。"

"那还不错，你可以有个周转，也欢迎你继续来我家里帮我打扫，当然，如果你要来喝茶，也是受欢迎的。"我想，她现在最需要的是挣点钱。

"不。我很快就会搬到我朋友那里，她的雇主已经同意了，我可以在那里住两个月。我害怕一个人住在这屋子里，这几天我都没有睡好。"她抹干脸上的泪，试图笑一笑。

"你本来还有几年？"

"这已经是第四个年头了，还好我出来时借下的钱早就还清了，我还没有告诉我妈妈和四个弟弟妹妹，他们要是知道了，天就塌下来了。"

她瘦而矮，不过是二十出头的小姑娘。我终于决定去抱抱她。"我的希伯来语不好，不过，如果你需要，也许我丈夫可以帮帮你，至少可以在网上放放广告。"我知道，以她的希伯来语水平，要在网上放广告大概也是有难度的。

"那太好了。"她破涕为笑，露出米粒般精致的牙齿。转身离开的时候，她挥挥手里的钱，说："太感谢你了！"

◦ **泰 山**

生活回到了"例行公事"，只是她早晚抚摩我的时间长了很多，如果偶尔要出门，她也会反复地抚摩我，和我说很多废话。我早就说过，语言是很愚蠢的，我才不会自降身价开口说话呢，但是如果说话让她不那么紧张和内疚，就让她去说话吧。

当她涂抹那个板子的时候，我像以前一样，守在她身边。她时不时地说："你看看，这个颜色可以吗？你觉得我画得好不好？你要是喜欢的话，就眨眨眼睛吧！"

我没有心情玩"眨眼睛"的游戏，我弯下腰，把头放在前腿上，叹息一声，其实我挺满意的，只要她不一个人出去玩，丢下我那么久。

"你还记仇吗？"她说着，低头来抚摩我，头发落在我的耳朵和眼睛上，痒痒的，"你看你把我的画架和画笔都咬坏了，我也没有惩罚你，而且你看看我们的花园，都被你刨成了火山口，我也没有惩罚你。你不要这样不理不睬好不好？"

她坐在电脑前的时候，每天会请我将前腿搭在她的双腿上两次，她抱着我，把头放在我的双耳间，我的头放在桌子上，她不厌其烦地给我介绍她桌子上的玩具——都是我不喜欢的没有气味的玩具，不会发出有趣声音的人类的玩具，很无聊。但是我喜欢她从后面抱着我，将头放在我的头上，在我直立的两只大耳朵之间，我能闻到她呼出的气息，以及她鼻翼两侧分泌的油，这让我觉得很幸福，非常幸福。

　　有一天，她把头放在我直立的双耳间时，说："泰山，亲爱的，我爱你。"从那次以后，她总这样说，我能听出来，她这样说的时候，心情很好，很安宁。其实我不需要她说那么多蠢话，只要她好好地遵守我们的约定，让我陪着她，守护她，就够了，但是如果她这样说，能让她有好心情，我其实也不介意。

◇一丁

用了一段时间，泰山终于重新开始信任我，付出的代价是打破了很多"规定"，特别是不能咬我手指的规定。

它的眼神、它的注视，让我忽然意识到自己不同的身份：我是这只冰雪聪明、敏感本真的狗狗唯一可以信赖和依赖的人，在这个世界上，除了我，它别无他物，我是它的全部。

周五他接到电话，我才明白，泰山这样的瑞士牧羊犬，在以色列是刚刚开始养育的品种，它本来是要作为种狗在北部的培育基地长大的，但是一年多前，他为了能找到这种全身白色的牧羊犬，说服对方将泰山卖给了他，条件是泰山成年以后要承担一定量的交配任务。

生命中充满了玩笑，泰山原来是一只种犬！在我们这个无性的家庭里，用这种方式来提醒我们一直试图忘却的现实！

当我看着它在养育基地和那只白色母狗追逐嬉戏的时候，感觉现实对我开了个黑色的玩笑。他母亲自杀也是个黑色玩笑——一个从集中营幸存下来的人，居然舍得自己拿去自己的生命！而且她是一个犹太人，犹太人的宗教文化里是指责和排斥自杀的。她还是一个母亲，她有没有想过，这样拿掉自己的性命，给那些还活着的人，留下了多么无解的痛苦难题？！

泰山从北部回来后，安详多了，一个多星期以来的躁动和不安都不见了，是不是狗狗其实也并不是真的需要性，而是在精神上，性是一种安定剂，只是表明自己存在并被需要？

　　更糟糕的是，当晚，院子里的猫半夜三更鬼哭狼嚎起来，一会儿像婴孩的哭泣，一会儿像走失了的羊羔，一会儿又是野性的呼唤。其实我们都醒了，听着自然界最自然的生生不息的声音，屏气凝神，害怕睡在旁边的人听见自己醒过来，而之所以醒过来，是因为窗外一对叫春的猫。

◇ 泰山

周六，我们坐着那个有四个轮子的铁家伙出去，在连续一个多星期的很多抚摩，每天完全"例行公事"，额外加一块有很多肉的牛骨头以后，我重新高兴起来。像以前一样，我愿意忘记不快乐，记仇可不是我的天性。

我们好久好久没有三个一起坐铁家伙出去了，一路上我将头伸出窗外，激动地嗅着强烈的风带来的各种有趣的气息。很遗憾，我的她无法像我这样，用鼻子去探索整个世界是如何的精彩，如果她能，她一定不用像现在这样喋喋不休地说话。铁家伙开始进入森林，我老远就嗅到了很多狗的气味，这让我非常兴奋。更近了以后，我可以确定，如雪一定在这里，因为我闻到了那让我欣喜又兴奋的气味。我甚至听到了狗吠，这个地方，我好像来过，不过我不得不承认，相比较我的嗅觉和听觉，我的记忆糟糕得一塌糊涂，甚至不如我的视力。

真是一场有趣的旅行，我看到了好几只和我一模一样的瑞士牧羊犬，一个满脸胡子的男人用带了很多狗的气味的毛茸茸的大手来抚摩我，并在我前腿右边的肌肉上使劲拍打了几下，说："你都长成男子汉了！"——她从来没有这样拍打过我，那一刻，我真的觉得自己很高大。

我的记忆之门打开了，不过不够清晰，我知道，这个地方我来过，其他的都模糊不清。而且我也没有太多时间去回忆，因为那个满脸胡子的人打开围院，我立即走了进去，他身上有各种气味，其中有些我很喜欢，有些我很抗拒——抗拒的那些是她有时候带我去兽医那里才有的气味，即使离开以前，那兽医总给我一罐肉罐头，我经常以最快的速度吃完，然后，拉着她离开。围院里没有如雪，只有三只和我一模一样的瑞士牧羊犬。我走向她们，知道自己的身姿要高大得多，而我的眼睛上方、嘴唇两边，以及下颚部分，都已长好美须，我的两只前腿膝关节处，以及后大腿靠近尾巴的地方，已经长出风状的毛发——我是一只雄性成年瑞士牧羊犬的样子。

　　我听到满脸胡子的人在说什么，忽然意识到，也许她又离开了，这一怔，还没有回头就嗅到她的气味在几米远的地方，我不用转头就知道她在那里，这让我安心。

　　我上前去和那些母狗问好。那只最小的，鼻头上有个棕色点的小母狗没有逃避我，她有和如雪极为相似的气味。我弯下腰，两只前腿往前，做出我绅士的邀请，她立即就懂了，尾巴一甩，长腰一扭，往另外一个方向跑去，我追了过去。她尾巴那里发出的气味，提醒我，我应该玩双腿搭在她背上那样的游戏才合适。

　　很快，大胡子男人把其他两只和我一样的瑞士牧羊犬都带出去了，只有我和"棕色点"在那里，这正好给我们更大的空间和更私密的交流。我们互相追逐，好几次，我都成功把腿搭在了她的背上，她有时候配合我玩这个游戏，有时候又调皮地开溜。

　　我们奔跑玩耍得忘记了自己。等到她终于安静地和我玩我们应该玩的游戏的时候，我们俩都跑累了，在我从她背上跳下来的时候，我发现，我的她和他，还有那个大胡子都不在了。

我对着森林狂叫起来，后悔自己玩得忘了形，是不是她又一个人离开，留下我在这里？虽然"棕色点"有让我疯狂的气味，但是，她的离开让我焦虑。

还好，他们很快地从房子里出来了。她让我舔和咬她的手指，我立即安静下来。我听到她说："泰山，帅狗，你长大了。"她现在居然主动让我舔和咬她的手指！其实我现在最想做的是舔她的脸，要是有一天，我能自由地舔她的脸，像他一样，那么，我死也瞑目了。

我可以肯定，那是他们在离开我以后给我的最好补偿，从那天以后，我就完完全全彻彻底底地原谅了她。

◇一丁

他出差以后，我和艾米莉联系，问她的进展。她在电话里支支吾吾的，我能感觉到一切并不顺利。我邀她来和我同住几天，如果她觉得不好意思的话，可以帮我打扫卫生作为回报。

她并没有立即找到新的雇主。周围的老乡圈子都留了话，而他出差以前帮她放到网上的广告，也只收到过两个电话，对方只是问了最基本的情况，说是再联系，却一直没有再打电话过来。她一来就主动地帮我打扫卫生，我则进了很少进的厨房，给我们俩做了一顿丰盛的晚餐。

她在晚餐桌上喋喋不休地讲她寄居的老乡家里难缠的老头儿。她说："我现在才知道，我的老雇主去世，对我来说，是双重的损失，除了要重新找雇主，还失去了一个非常好的雇主。"她看上去非常沮丧。

"别这样想了，往前看对事情才会有帮助。"

"我老乡的那个雇主，脾气超级怪，整天都心情不好，没有什么东西是让他满意的，凡事都能挑出毛病。相比之下，我以前算是身在福中不知福。"

"他也是集中营里幸存下来的吗？"

"肯定是，我看到他手腕上文的阿拉伯数字了。"

"嗯。也许集中营那一段时光对他的影响太大了，所以难免挑刺儿。"

"我的老雇主虽然没有在集中营待过，可是家里人也有死在里面的。那老头儿每天都刁难我老乡。她跟我说，她现在是第四年快结束了，满了五年，如果他还没有去世，她本来是可以继续待下去的，但是她现在也不愿意了。她在老家有四个孩子，她宁愿回家捡垃圾，也不想再受这些折磨。"

"嗯，我想，那个老头儿大概觉得你老乡是出了钱请的外人，所以，可以随意发脾气。有些人会拿家里人发脾气，他们在外人面前很正常。有些人会拿外面的人发脾气，对家人还不错。"

"才不是！他对他的儿女也特别刻薄，他们几乎都不去看他。"

"真的？"

"我在那儿一个多月，他们都没去看过他，最多是打打电话，电话里他也能和他们吵起来，吵得可凶了。"

"真够糟糕的。"

"我跟我老乡聊过，其实她认识的人和我认识的人里，也有全家都死在集中营里的，但是对人还特别好，不过真的有不少很折磨人的，每活一天都好像是在还一天的债一样，每一天都活得很煎熬，自己煎熬还不行，周围的人也不能幸免。我有时候觉得，他们必须折磨别人才能活下去，就像一个吸毒的人一样，明明知道吸进去的是毒，却偏不能自己。"

我感叹她有这样绝妙形容的同时，脑子里在忽左忽右地想问题，他母亲和他之间，难道不是这样的状态吗？难道她的自杀是"吸毒过量"？

那天晚上，我老睡不着，想着，要不要走进艾米莉的房间，和她聊聊天。我终于没有那样做，因为我从床上起来的时候，忽然和床尾泰山那黑洞洞的眼神对上了。泰山忽然变成了我的一面镜子，这面镜子不会反射自然界的实物，却会反射我灵魂深处的一些阴影。

接下来的两天，我为艾米莉画了一幅画。她离开的时候，我送她到汽车站。她下车前，我问她："艾米莉，你还记得你帮我打扫我婆婆公寓的时候，看到过一张血检报告单吗？"

"什么？"

"记得吗？就是那次漏水了，你帮我收拾，有一张血检报告单，被水浸湿了，已经看不太清楚……"

"嗯，我想起来了，怎么啦？！"

"你……你还记得上面那个检验室的名字吗？"

"哦，记不得了，我只知道在里雄那个城市。"

"对，就是那一张，你能想起来是哪家检验室吗？"

"想不起来了，你为什么要知道这个？我的车来了……你可以让你丈夫在网上查一查，那个城市大概不会有太多那样的检验室……车来了，谢谢你招待我，你真是个好人，再见。"

"再见。"

◇ 泰山

　　我一直以自己浑身上下纯白的毛发为傲，如果我的她要去抚摩那些带颜色的棍子，或者抚摩那个小小的会发出单调声音的奇怪小盒子玩具，那是她的损失。

　　不过，我开始不那么喜爱跑步了，只有两条腿的她，一撒腿跑起来就停不下来，而我要跟上她的速度。但天气非常热，刚一跑起来，五脏六腑都在冒烟，我只好将舌头吐得长长的，但是根本于事无补。我连在路上探险的时间都没有了：每天都跑同样的路，而我已经不是那些小屁狗，什么都不懂，我已经能双腿搭在小母狗的背上和她们玩高难度的游戏，我的脸颊两边也开始显现两条经脉，这让我更像只大帅狗。

　　我不知道人类的世界，不过狗狗的世界真的很复杂。那天跑步的时候，我碰到边境牧羊犬猫王。世界上居然有这样奇怪的狗，他的名字叫猫王，而他自己明明是一只狗！他知道不知道我最恨猫？！猫身上那股臊味，就表明了它们有多么的诡计多端、自私自利。而他的名字居然叫猫王！实际上，我以前和这家伙碰过几回头，他总是过来舔我的她，舔完连个招呼都不和我打就离开了，什么态度？把自己搞得像人似的，只跟人而不跟狗打招呼！自降资格。

　　有时候，我和她正在玩"叼过来"的游戏，猫王这纯种的杂种从来不需要被邀请就加入，不知道他从哪里学来的身手，又快又狠，总是抢先我一步。有时候我的她故意逗他跑错了方向，而我在正确的方向，眼看就要叼到球了，他却急速地冲过来，牙齿缝里刮过冷冷的威胁。我感觉没必要和他认真，毕竟他的身体小于我的嘛。这时候我的她会笑，说："胆小鬼，给我叼过来呀。"说老实话，我不明白胆小鬼是什么意思，我跑到她身边，舔舔她的手，让她知道，我很爱她，这就够了。

真是倒霉的一天，我碰到猫王不说，猫王的那个长头发老大也在跑步，她和他居然一起跑开了，很爱装的猫王仿佛很轻松地跑着——我说过了，他的身体比我的小，他当然可以把自己装成轻松的样子。我只好跟在后面三米远的地方，把长舌头吐出来，往两边乱甩，将汗水甩到他那条狐假虎威的大尾巴上。

那天的霉运没有那么快就结束，回程的路上，在白桥上，我们又遇到了如雪，她的耳朵垂在两只眼睛旁，还是那么温顺，可是，她身上的神秘气味消失了。

我和她打过招呼，正准备在我的她离开以前和她交流一下我去北部森林里与那只鼻子上有棕色点的狗狗做的非常好玩的游戏，猫王却忽然跳到了她的背上——说实话，他的双腿非常轻巧地就搭上去了——这个狐假虎威的东西，他的体形毕竟比我的小。

这时候，我听到我的她唤我，就赶紧追随她而去。我从此就不再那么迷恋如雪了，她除了没有了那种吸引我的气味外，还随便和别的狗狗玩那种我发明的游戏，而且是和讨厌的猫王！

我渐渐地习惯了她偶尔半夜三更起来开白色的冷盒子、去院子里散步的习惯。她大部分时候想出去，无奈院门上着锁，所以通常她会在院子里走两圈，坐到葡萄藤下看月亮。我乐得陪着她，这样我就可以突袭猫，虽然最近灰色折耳猫好久都不来了，而以前的棕色猫则老是带着三只小猫在我的地盘上转悠。

那天晚上没有星星，也没有月亮，她从葡萄藤下走回屋子的时候，忽然停下来，决定躺到地上，像我在葡萄藤下躺下守着她的时候一样——不过，可能因为是没有四肢的缘故，她躺下去的动作很笨，甚至几乎失去了控制。她为什么不长像我一样的皮毛呢？这样的话，她躺在那里，就会舒服些。像她这样，没有皮毛，在地上躺着，把浑身弄的冰冷冰冷的，不好玩。我只好陪着她躺下来，用我的皮毛温暖她，过了好一阵，她才站起来，走回房子里。

◇一丁

我那晚又梦见了我婆婆，她在我的厨房里自若地忙碌，做出各种食物来，好像她是这栋房子的女主人。食物一备好，他恰好出差回来，一放下行李箱就立即坐下，狼吞虎咽地吃着她做的食物，和她用希伯来语快速地交流着，脸上带着神秘的微笑——他从来没有那般投入地吃过我烹饪的食物，而他们交流用的希伯来语，我一个字也听不懂，这让我发疯。我故作镇静地坐下，盘子里的食物看上去黏糊糊的，不知出自什么材料，我尝了尝，只尝到苦味和酸味，满眼疑问地抬眼看他。而他只蓦然地向我一瞥，又回头和他母亲心有灵犀地一笑，仿佛他和她在密谋什么似的，又津津有味地吃起来。我忍无可忍地推开椅子，想要站起来，却脚下一滑，一头栽下去，眉角碰到桌子的边缘，他们都没有过来扶我，泰山冲过来，左舔右吻……

那天早上我醒过来，只觉得浑身酸痛，而且最要命的是，我意识到自己又感冒了：最近经常莫名其妙地感冒，前一天完全无恙，仿佛是夜间有人把病毒塞入了我的喉咙。

我去洗手间，几乎吓得掉了魂，要一拳去击打镜子里那个女人：镜子里那个人的眉角有一块青紫！

我摸一摸那块青紫，抽了口冷气，不是什么黑色的颜料导致的，疼痛在提醒我，那是磕碰出的青紫。

我冲出洗手间，跑到院子里，急促地呼吸，仓皇中抬头去

望天，转头去看葡萄藤，对自己说，上面是蓝天白云，院子里
长的是葡萄藤，以此向自己证明：我还没有疯。

温暖的阳光让我冰冷的身体慢慢热起来。好不容易，心跳
平缓下来，回头一看意识到我冲出来的时候，并没有打开从院
子到厨房的那道门，那道门从晚上开始就是开着的！

泰山仿佛看出了我的惊惶，跑过来，围着我转圈，舔我的
手指。我蹲下去抱着它，想到它看到我跌倒时的关爱，内心更
加汹涌，我把脸贴在它胸腔外的柔软毛皮上，感觉它三下强两
下弱的心跳，慢慢定了神。

回到厨房，翻看厨具，一切如常，看上去并不像是被什么
人动过。几分钟以后，我责怪自己疑神疑鬼。可是眉梢的乌青
怎么解释？为什么通向院子的房门是开着的？

我一整天都不能画画、不能看书，我抱着泰山的时候，就
像抱着我唯一的亲人。

她究竟是在用这样的自杀抗议什么？她用这种险恶的方式
谢幕，却永远地留在了我和他的生活里——有谁可以离开这样
一个剧场：幕帘已经拉上了，可是刚才活生生的演员却在幕
后继续表演，她在那里取了自己的性命。这个人，在全世界
异常险恶的时候顽强地存活下来，那个时候，犹太人的生命
被视如草芥，备受戕害。而最后，她却要在我们，在她自己
儿子的眼前，上演这样一幕活生生、血淋淋的戏。我几乎可
以肯定这是一出她导演的戏，像艾米莉提到的"吸毒过量"？
可是我要怎样才能打开那道幕后的门，证明她在自导自演那

出戏，然后让他看个明白？我要让他知道，她不过是这一次
"毒品过量"后的意外，也许这样，他就不会因为她的自杀而
内疚了！

◇ 泰 山

自从他们离开我一周以后，他也变得越来越奇怪，晚上回来得再晚也会带我去草坪，和我玩百玩不厌的"叼过来"游戏。

更奇怪的是，他开始和我说话，不，实际上他是抛出很多问题给我。在我们狗的世界里，是不会愚蠢到问那么多问题的，天就在那里，地就在那里，我的耳朵和鼻子可以帮助我认识世界，我们认定了谁，从来不变卦，世界很简单——吃饭、玩耍、睡觉，就是这样。而他经常絮絮叨叨地说："泰山，她完全没有必要那样做，她难道非那样做不可吗？要是我，我的父亲，或者娜塔莉，要是我们对她做了这样的事情，她的感受是什么呢？为什么她总是认为自己是这个世界上最悲苦、最不幸的人？难道就因为她一个人存活下来了吗？我相信，这个世界上，有很多人，他们都在不得已的情况下做了不得已的事情，难道只有她一个人内疚吗？我们谁不背负着这些罪而活着？为什么她要这样选择？为什么她就有权利这样选择？"

有时候，他情绪不好的时候，会反反复复地说着这样的几个字："笑话，天大的笑话。"他说的最多的一句话是："泰山，休想，任何人、任何事，都休想打败我。"

有时候，一个父亲推着婴儿车经过，我还能闻见那孩子身上的奶味的时候，他就开始唠叨："泰山，等着，有一天，我们一定会有自己的孩子，我一定会好起来。她是我的灵丹妙药，只有她，你知道吗？只有她能救我，她救过我一次，一定能救我第二次。只有她，泰山，你相信她吗？我是非常相信她的，虽然我一开始并没有给她安全感，如果那时候她对我们的婚姻感到安全，现在的情况可能就不一样了。"

当然，除了这些胡言乱语，他依然会在洗手间里和那个无声无味、名叫"上帝"的说话，老向他祈求帮助。

不久我们又去了森林一次，这一次，只有我和她。

我没有如愿见到鼻子上有棕色点的那只白色牧羊犬，围院里有一只右腿上有一圈疤痕的白色瑞士牧羊犬——显然那是铁丝网留下的勒痕。她个头并不小，坐在那里，浑身散发着那种我无法拒绝的气味。我迈着试探性的"之"字步，渐渐地靠近她，同时确认我的她还在身后，和我在一起。她没有动，等到我用鼻子去嗅她的尾巴，她又忽然跳起来，露出牙齿，发出威胁的声音，不过她的牙齿可真白！

我回头看我的她，我想看看她的意见。小时候，当一摊水、一丛干枯的荆棘、一块黑乎乎的东西或者远处的一只狗让我犹豫的时候，我都会转头去看她。她是我的老大，自然会给我拿主意，绝大部分时候，她都会说"不，不，不"；偶尔，她笑，说"没问题的，泰山，你去玩"。

"没问题，帅狗，你没问题的。"这一次，她这样说，我的耳朵只抓到"没问题"那三个字就够了。我放低腰身，撅起屁股邀请那只母狗。她好像看不懂我的动作，站起身来，谨慎地向围院的远处走去。

我们在围院里追逐奔跑，如果对方不配合，这个双腿搭到对方背上的游戏，没有那么容易玩——而我不能放弃，我不能输给猫王那只纯种狗杂种。忘记猫王那装模作样的样子吧，现在的核心问题是，这气味在那里，总在那里，这会让我，让任何一只狗——任何一只四条腿的狗，跑到死也不会放弃玩那游戏的。

"给它们一点时间。"脸上有胡子的那个人说，"你知道，它已经是爸爸了，上次那只狗怀孕了。"

我听不懂他在说什么，我有的是时间，我只要让这只灵活的小母狗明白那个游戏真的很好玩，下一次就容易多了，她会很配合的。

那天回去的路上，我特别累，往常稍微远一点的旅程会让我疲乏，再加上那些疯狂的奔跑，让我在车上昏昏欲睡，她用手指挥那个圆盘，带着大铁盒子在森林以及田野间穿梭。

"泰山，我真讨厌自己，为什么我看到一个养狗人也觉得那么饥渴，我究竟为什么会这样？"

我半睁开眼睛，看她一眼。

她在一个路口和其他很多大铁盒子一起停下来，转头抚摩我，说："你知道不知道？你很幸福，因为我是这样的爱你，你还隔三岔五地来北部会会女朋友，你的生命里只有吃加玩加睡觉，天大的事都不是事。"

我把头滑到车座的皮靠垫上，我很爱她，但是现在我要开始梦我的牛骨头了。铁盒子继续往前走，她又说："你知道，这种事情，有时候那么容易，就跟呼吸一样，那么自然；有时候，却是要比登天还难，完全不在控制范围之内，越是想，越是不能，而不去想，亦是不可能的……"

　　我很想眨动双眼来告知她：我完全同意。我长到现在，明白很多事情是难以控制的，特别是母狗们散发出的那种气味。但是，我太累了，很快就进入了梦境，那里有一块大大的带肉的牛骨头。

◇一丁

"倾诉"这两个字，从十六岁便被踢出了我的人生字典，我的人生字典里解决问题的答案和它毫无瓜葛，我善于自己面对，并独自解决问题。第一次在人前脱光衣服的时候，我还非常年轻，藐视一切，那是一种野蛮生长的力量，就像一颗发了芽的种子，一定要破土而出。

以前偶尔还会和阿呆在网上聊聊天，近来每一次聊天的缝隙，他都会将话题引到孩子上。或者他即使不说孩子，也会报告亲戚朋友里谁家又添了孩子，哪一个服务员又结了婚，忙着结婚原来是因为怀孕了，或者说在网上看到有同志去美国找代孕了。我从来没有觉得我的生命里每天有那么多孩子出生，也从来没有发现这个阿呆如此讨厌且啰唆。

生活里忽然多出来如此多"哪壶不开提哪壶"的无奈：我在跑步的路上或者在超市里，总是有婴孩那么真实地出现在眼前，他们其实一直都在，只是我失去了对他们视而不见的能力；而泰山有时候在草坪上和我玩"叼过来"的游戏时，会忽然停下来，冲到一个蹒跚学步的小孩面前，围着他激动地转圈，或者猛烈地舔他的脸，直到他哇哇大哭，摔倒在地，而小孩的父母在一旁被这一幕逗得哈哈大笑。连我的狗也在暗示我生活中的难题应该被解决的方法吗？

每当这些时候，我就会看到那个在电脑屏幕上像河马一样的小小胎儿，我甚至看到了他的心跳，以及模糊的尾巴。我每想起他一次，他就变得生动一点，大一点，甚至有了灵气，甚而有他宽阔的额头和冷峻的眼睛以及上面长长的睫毛。而我当初看到的，不过是一个无数的负面可能，一个我还没有准备好就出现的定时炸弹。如果我那时候，因为泰山而懂得单方面的依赖和信任其实是可以温情脉脉并且让人更加强大的，这些依赖和信任会带给我力量，会激发我的责任感、保护欲，甚至母爱，最重要的是，如果那时候，我能明白，那个小小的像河马一样形状的小人儿能拯救我这段无法放弃的婚姻，如果那时候我能明白所有的这些就好了。

我那时候害怕这样一个小东西来到我们中间，他像一个不可预知的麻烦，我将不能画画，我们将需要共同面对一个侵占很多时间和情感的未知，最重要的是，我们必须一起才能面对这个未知。这便是最恐慌的部分：我就要和他永远地连在一起了，而我们只在一起三个月，虽然我们从来没有吵过架，但是我父母当初恋爱结婚以前也没有吵过架，他们至少恋爱过。我和他，我们只是在认识两周后就结婚了，结婚后的那一周，这个小东西被种在了我的肚子里。我那时候还不确定，我和他加上这个小东西，会不会一直平和地生活下去，而不是走到各尽其能地撕咬和诋毁的那一天。

我父母撕咬得最厉害的那次，当着我的面，母亲哑着嗓子说："你就是一老流氓，你那比你闺女大不了几岁的野货不感到害臊，你也不感到害臊吗？羞你祖宗八辈子的脸！"我父亲正在往箱子里装衣服，动作潇洒，一脸冷峻地回敬说："我羞不羞我祖宗的脸，跟你没关系，你倒是羞羞你自己的老脸，你不是高级工程师吗？你当初嫁给我，可是瞎了狗眼了！连你那当教授的爹也瞎眼了！"

他们离婚后，我母亲阻止我高中进艺校，并以断绝经济支撑为威胁；我父亲为了反对她，偏偏要资助我读艺校。我拿到芬兰艺术学院的录取通知书的时候，才十六岁，我父亲当时跟他比我大不了多少的第三任"女朋友"刚分手，三年里频繁的三次分手，让他捉襟见肘，资助我去芬兰上学断然是没有可能的。

我母亲虽然断了我的经济来源，可一直拿第三只眼关注着我。当她知道我开始做裸模时，咬牙切齿地哑着嗓子在电话里说："你果然是你父亲的女儿，连一丁点羞耻感都没有！"从此以后，我们母女再也没有联系过。

在中国检查完以后，那个做超声波的面无表情的女人说："要处理的话得马上决定了，你这都三个月了，要是再晚一点就有危险了，而且你也会受更多的罪。"

我提心吊胆地过了三天，一想到肚子里那个河马样的麻烦会飞速生长，而我的婚姻不真实的幸福感未强大到对付我的恐惧，我坐卧不安，无法思考。

◇泰 山

现在，我的生活完全稳定了下来，经常有牛骨头吃，偶尔会去北部玩那个特别的游戏，他还是忽然消失一段，自己偷偷跑出去玩，回来以后，对我特别温柔，总带我出去散步，有时候她参加，有时候她不参加。

一个人的时候，他总跟我讲各种废话，中间老有"上帝""内疚""孩子""灵丹妙药""一切都会过去"等莫名其妙的话。

自从那次的信任危机爆发以后，她也基本能做到保持"例行公事"，现在她出去玩，好多时候都带着我，除了有时候她独自出去，回来的时候，两手里提满袋子——她当然没有第三只手牵我——在那些袋子里，我能闻到各种食物，可喜的是，总有我爱的牛骨头，带肉的——虽然带得不多，但毕竟有肉。

我最近一直等着她再次跟我说"弗洛伊德"这几个字，因为如果她说这样的几个字，就意味着我们要去找那只名叫"弗洛伊德"的圣伯纳犬玩耍了。

弗洛伊德非常高大，她的眼睛不像我的，全是黑色，只有我不高兴，斜着眼睛看的时候会露出一点点白来。她的眼睛下部总有一圈白，那圈白增加了她的智慧。她看上去像她自己的老大一样，有过人的智慧——她的老大和我的老大在屋子里，她的老大通常不说话，而我的她却喋喋不休地说，这带给我很多尴尬，好在弗洛伊德并没有注意到这一细节。最重要的是，弗洛伊德完全没有猫王那种装腔作势，以及只和人而不和自己的同类打招呼的坏习惯。要是弗洛伊德饱满厚实的脚掌一掌扇到猫王的脸上，那纯种杂种一定会飞出去两米。相反，她总是温和地走路、温和地躺着，或者温和地和我在她家后院追逐，她重达六十千克，几乎是我的两倍，跑起来能带起一股风。那后院有一扇大玻璃，巨大的玻璃连接着一间浅灰色的大房间，房间里只有两把椅子，一面墙上是书，另外一面墙是一整面架子，架子上摆放着各种奇形怪状的雕塑。

我的她躺在那把灰色的躺椅上，看上去舒服极了；弗洛伊德的老大坐在另外一把灰色的半高背椅的椅子上。虽然隔着大玻璃，以及玻璃后面极薄的纱帘，听不见他们在废话什么，但我并不为此烦恼，只要我在和弗洛伊德玩耍的时候回头能看到她，这就够了。她废话得越久，我越欢喜。

我们去找弗洛伊德玩过好几次了，每次都是在我的他一个人跑出去玩的时段，所以我现在越来越不在乎他独自出去玩了，虽然他回来以后的那些黄昏我还是会守在大院门口迎接他。

现在，她一提弗洛伊德，我就知道是什么意思了。我总是用眼神暗示她，张着耳朵等她说"来，我们去找弗洛伊德玩"。

有一天她画画的时候，老是提到弗洛伊德的主人："泰山，你说，我究竟应该不应该继续下去？弗洛伊德的主人什么都不说，只是听，不断地要我说，该说的，我都说了。你知道吗？连我做裸模的时候被骚扰，然后我用调色刀戳伤了那个贱人都跟他讲了。泰山，你说我还该不该去？我讨厌这样让弗洛伊德的主人挖掘我的过去！我知道你喜欢和弗洛伊德玩，我也很喜欢它。弗洛伊德总那么温顺安静。泰山，你眨眨眼睛吧，你眨左眼就是说我们不去了！"

我那天右眼非常疼，因为里面长了什么小东西，所以，我拼命地眨右眼，希望她能帮我看看那个讨厌的东西。好了，现在她在盯着我的眼睛看，我这样拼命眨右眼，她一定能注意到那个东西。

"左眼，泰山，我说的是左眼！"她举起左手的食指，在我面前晃动。

我却在用右眼说："你看我的右眼，这里面有个东西，它很讨厌，还有点疼，你帮帮我！"她忽然一转身，很生气地将手里三支带刷子的棍子丢到那瓶脏脏的水里，转身进屋去了。

她还是不够智慧，不够了解我，幸亏那眼睛里的东西没几天就消失了。

◇一丁

阿呆在网上呼叫过我好多次，我都没理他。可是这一天，他发送了一张设计精美的卡片给我，是上海外滩那家著名的"老上海"画廊的邀请函，写着："10月25日—11月15日，旅以女画家凤一丁女士画展。"我按捺着心跳加速带来的不适，主动邀请阿呆视频聊天。

"巴拉克太太，你终于现身了，而且还是主动邀请，多难得！"已近午夜的中国，阿呆手里拿着牙刷。

"阿呆，我只是想提醒你，这卡片上的称呼是错误的，怎么能说女士呢？我现在是巴拉克太太。"

阿呆做了一个呕吐的表情，我们俩都笑了。

"你这是找我开心呢，阿呆？！"我仿佛找回了以前我们互损的时光，"你终于知道还有人记得你是开心呢还是不开心？！"他满脸认真，我们从小在同一条街上长大，因为都与家庭和社会格格不入，而成了多年的唯一的朋友。

"你这歹人，咖啡喝多了，没事干，半夜三更醒着，来寻我开心。"

"如假包换，难以相信，你也有这么一天吧，巴拉克太太？"他摇着手里的邀请卡片。

"阿呆，究竟是怎么回事？"我按捺不住自己的兴奋。

"很简单，你要红了。"他煞有介事地说。

我哈哈大笑，说："我十六岁那年就在我们这个圈子红透了，现在专心为人妻，早已经不需要那些虚名了。"

"听着，故事是这样的，那家画廊经理久闻我的咖啡是全上海最好的，特来品尝，顺便看到你的画，当然，主要是我水灌得好。"

"你再不如实说来，我要不剐你的皮，要不关电脑。"

"好吧，好吧，你不是还没出名吗？就已经这样飞扬跋扈了，好歹我还是你的经纪人。"他举着兰花指，开始冲洗牙刷。

"经纪人！"我哑然失笑。在帮我卖画上，阿呆确实很努力，来以色列以后的绘画，我都邮寄回去给他，挂在咖啡馆里，偶尔也能卖出去一幅，而我却从未有过实质性的感谢。"好妹妹，"他最喜欢这个称呼了，"请你细细告知。"我扭捏作态地抱拳作揖，然后也翘起兰花指，细声细气地说。

他果然过不了这一关，开心得花枝乱颤。"传奇是这样开始的：这家画廊里有个新来的妹子，有一次在我店里和人说事情，这人确切说应该和你一样，是个画家。我端咖啡给他们的时候，看见他在给她看他的画作，也看到那妹子的名片还在桌上，写着'"老上海"画廊策划人'。我灵机一动，立即把你最近画的那些个暗色、怪异而恐怖的画挂出来——因为，显然她进来的时候已经看到了挂在墙上的你早前那些画了……对了，姐姐，你最近是不是婚姻不如意、性生活不和谐啊，你这些画，基调和意境都很黑色嘛！"

"作死，你吊我胃口呢。"我想起来见了七次面的心理医生上次问我的问题：你和人交谈过你目前的处境吗？如果一定要讲，不知道阿呆会不会听得懂？

"等那画家走了，这女的边结账边打电话，我就站着不动，不给她结账。等她终于放下电话，我告诉她，我要请她喝咖啡。她不明就里，我就说：'请您用您的慧眼看看墙上这些画。'——对了，她实际上就是一丫头片子，'九零'后。你知道，这些所谓的发掘艺术的人，他们可能并不真的懂艺术。她还在看的时候，我已经在旁边把你吹得天花乱坠，又提到曾在芬兰学习绘画，然后，目前旅居海外等，这小妮子就感兴趣了，一一地拍了照，要了我的名片，说是要和主管商量。"

"就这么简单？"

"就这么简单，你以为多复杂？以前你觉得他们傲慢，是因为时机不对，当然，这也跟你的画风转变有关系。他们后来联系我的时候，我也几乎不敢相信这事能成——你知道不知道？现在这个社会，大家都喜欢这些怪异、阴暗的东西，而且，还可以挂个'旅居海外的女画家'之名号。难以相信，改革开放都这么多年了，我们骨子还残留着些这样崇洋媚外的东西。"

"嗯。你看不懂我转画风就算了，偏要说阴暗，是你自己心理阴暗吧。"

"对了，对了，最重要的事情忘记了，早前不敢跟你提，是因为还没有完全敲定。现在，你要做两件事。我往你的邮箱里发了一封授权书，你需要授权给我，我才能帮你处理很多事情，包括杂务。你不用觉得愧疚，要感谢我的话，等你真正出名以后，送我几幅画就好了。另外，你还有半年不到的时间，他们要求你再出十二幅画……"

"他们疯了吗？十二幅画！"如果是在我刚来以色列的那段时间，我完全能做到，但是现在，一幅画开始又放弃，放弃再来，有时候反反复复好多遍都无法完成，只好将画到一半的画板放到地下室里。

"姐姐，我见过你五小时画一张的，当然，要在状态，所以，你每两周可以用五小时画一张，以满满的状态，其他的时间，就用来调节你的状态好了！"

"阿呆，你真是作死的节奏，要给我惊喜，也不至于这么突然，可以早一点暗示我呀！"

"对了，对了，他们可能会联系你，如果是那样，你要记得提到你已经在以色列办过画展了。"

"啥？我并没有在以色列办过画展。"

"现在这个社会不这样撒谎不成事。"他手里拿着那张设计精美的诱人的邀请函，和我说拜拜。

◦泰 山

我已经快忘记奶奶的那块甜味鱼皮的气味了，直到那天我们又去了奶奶的窝。奶奶不在，那地方也没有多少奶奶的气味了。有个陌生人，他身上没有什么有趣的气味，他和我们一起进到屋子里，然后他和她坐在桌子旁，翻来覆去地玩几张纸，弄出些恼人的声响，最后分别拿起笔，在上面画着，弄出另外的声响。

既然已经吃不到鱼皮，我就很高兴地和她离开了。我讨厌乘坐这个上下快速移动的小盒子，它不仅快速移动，还发出奇怪的声音，让我非常紧张，不过这次这个移动盒子把我们带到了一个不太亮却充满各种气味的有趣地方。

她打开一扇门，里面堆满了纸盒，我隐约地闻到了奶奶的气味，还有另外一些散发出模糊气味的盒子。她弄出很多声响，试图打开各种盒子，那些盒子里有衣服，有纸张，就是没有甜味的鱼皮。她玩着一些纸张，翻来覆去地弄出声响，我无聊至极，只好也嗅来闻去，看看有什么有趣的东西。

那里有三个鞋盒，我在里面闻到一种虫子——我曾经试图通过咀嚼来鉴别这种虫子，忽然听到她高分贝的声音："我的妈呀，你为什么要吃死蟑螂？！"除了这些，还有尘土的气味，实在是没有更有趣的东西了，百无聊赖中，我叼起一个信封，里面隐约有奶奶的气味，我激动地撕咬起来。

她在盒子中间满头大汗地翻找，我则将那个信封三下五除二地解剖，里面散落出来各种各样的卡片。

正在我逐一嗅闻那些卡片的时候，她又发出那个高分贝的"我的妈呀"的尖叫——她好久没有这样对我尖叫了。我记得刚到我们仨的窝里的时候，那是冬天，她在屋子里涂抹那些棍子。本来大家相安无事的，可她有时候会忽然跳起来，对我尖叫，重复说"坏狗，坏狗，坏狗，你不能在屋子里干坏事"，手里还捏着带各种颜料的刷子，双手一把搂着我的腋下，将我放到室外。室外也不错，我就继续尿尿，我那时候不到半岁，现在我已经超过两岁了，早已经玩过很多次双腿从后面搭到其他母狗背上的游戏，虽然有时候她们不太配合，但是，成功率大大的。所以，她大概不应该再对一只成年狗发出这样只有教育不懂事的小屁狗时才用的尖叫。我垂下头，将耳朵贴在自己的头上，心不甘情不愿地表达我的服从外加一点点抗议。她捡起地上的好几张卡片，沉默了，然后结结巴巴地说："哦，泰山，我的上帝啊……我的亲爱的乖狗……我的神犬，看你找到了什么。"她冲过来，举起一张没有气味、没有声音的卡片，一把抱着我，左右乱晃，甚至把嘴放到我两眼之间的额头，嘴里发出响亮的声响——我知道她的习惯，只有她对我极度满意时才会这么做。

◇一丁

　　我和艾米莉通电话之前，从来没有那样责怪自己：为什么你就不能过点正常人的生活，和人保持联系，而不是天天跑步、画画、做噩梦，然后看心理医生？

　　来以色列这些年，我从来没有进过医院，连最常规的家庭医生也不用见，除了关于他母亲的这块心病，我没有任何病。我不知道医院系统是如何工作的，但是我知道，泰山发现的我婆婆那张医疗卡上面一定有她所有的医疗记录，包括那次在她公寓见到的那张被水浸泡泡透的血检化验单。问题是，我需要以什么样的理由取得这些化验单。思量多日，艾米莉出现在我的脑海里。

　　谢天谢地，她还在以色列，在南部沙漠里的一个城市，是又热又干的地方，听上去她却非常满足。按照她的话说，雇主是个正常人，打仗丢了双腿，坐在轮椅上，也不算老，自己开车，也有自己的生活，他甚至每天在电脑上工作半日。一些需要男性做的护理，比如洗澡等，有军方的人员协助，艾米莉每天的工作就是负责打扫卫生、三餐和他的日常所需，比如去邮局取信，或者在村子的小卖部里采购并准备三餐。

　　我开车用了近四个小时，一路都在思量，如何说服她帮我巧妙地做这件事，又不至于引起不必要的怀疑。

　　她还是那么精巧细致，只是更黑了，这样显得她牙齿更白。我带上她去最近的小镇，也需要开车在辽阔的荒漠里转半个多小时。招待她吃完饭，我把买给她作为礼物的香水放在桌面上，说："艾米莉，我生活中遇到一些难题，三两句话也说不清，我一直在努力解决这些难题。"

她看着我。我想，我说的话，她听不懂。

"反正，我这一年多过得不太顺，我丈夫生病了，"这个谎言是在路上的四个小时里能想到的最合理的解释，"但是他不相信他生病了。我的意思是，你肯定接触过一些以色列人，讨厌看医生，他们觉得自己当过兵，依然像士兵一样强壮，但是实际情况可能完全不是这样，不管他们的意志力如何强，他们的身体可不完全归脑子管。我丈夫的身体状态不好，我很担心。"

"不要紧吧！"她满脸担忧。我想，她现在至少不用担心她那个四十来岁，虽然没有腿但是从上半身看上去健硕无比的新雇主某一天会因为什么急病而忽然过世。

"实际上，目前还没有确定，这就是问题的所在，他不相信，但愿我的担忧是多余的，我就是想核实他是对的。记得他母亲吗？当时离开得很突然，你知道，很多病都是家族遗传的。"

"对了，他母亲究竟得的是什么病？"

我抛出自己准备好的一个自己也不知道的莫名其妙的长长的英语单词，她就不再问了。"我需要拿到他母亲的医疗资料，摆在他眼前，让他知道，他有很大的可能性，因为那种病的遗传概率蛮高的，这样他才愿意去做很多相关的进一步的检查。"

泰山找到医疗卡后，我一个人拿着我婆婆的医疗卡去过她所在的医院门诊，我并没有贸然上前去请护士打印她的医疗记录——很显然，在这个国家，有相关法律规定个人隐私不可侵犯。我在那里耗了半个小时，一筹莫展，一无所获。离开的时候，看到一个菲律宾护工推着一个老太太，手里拿着她的化验单。那一刻，我忽然开窍，我需要艾米莉，至少值得一试。

"哦。这样啊。"她显然需要我说得更直接一点。

"是的，这就是我想要的，但是医院不会随便将一个人的资料给另外一个人，对吧，特别是，看看我们的脸，"我说，指指她的脸和我的脸，"我们都是外国人。"

这句话起了不小的作用。

"也许，你可以帮我，你只要假装是我婆婆的护工就可以了，你一定有类似的经历，我的意思是，你以前一定经常去帮你的老雇主取化验报告单。"说完，我掏出钱包里那张我婆婆的医疗卡。

"啊。这很简单啊，你只要去她所在的诊所，在大厅里，那里有个机器，是提供给所有人用的，你只要插入医疗卡，输入密码，就可以打印想要打印的资料了。"

"哦，就这么简单？可是，还是有问题，我没有密码！如果你去，你是不是可以让他们帮忙换密码，说你忘记密码了？"

"这个，我从来没有试过，可以试试看。"她立即站起来，说，"我知道，这家购物中心地下一层就有马卡比诊所。"

我坐在咖啡馆，望着来往的人群，坐卧不安地等着她。他的工作，是不是也是这样？在各种谎言中穿梭，去粗存精，获得有用的信息，达到自己想要的目的，他对我撒过谎吗？或者忽略不该说的话？我和他一起生活，从来没有防备过他，他有没有将他在工作中练就的八面玲珑用到我身上，他有没有在我们的婚姻生活里不完全是他自己？购物中心里穿梭着各类人群，音乐和人声嘈杂，我想着，这个世界上，只有那么一个人、那么一只狗是我最心爱的，其他的，我全可忽略，全不在乎。这时，我老远看着娇小的艾米莉快速地踏着碎步走回来。我的心怦怦跳起来，我想，就我这点素质，大概是做不了他那种工作的。

　　"他们要求必须是本人才能修改密码，不过……"她从包里取出两页纸，得意地摇摇，"每个马卡比诊所的大厅里都有一个自助的打印机，那打印机上写着：'刷卡获取最后一次检查结果。'我试着刷了一下，不用输入密码，就出来这两页纸，是里雄那个城市的检验室……"

　　她的话还没说完，我已经急切地拿过来，满页的希伯来文扑面而来，我一字不识，但是我看到了日期，那是她自杀前十天！

◇ 泰山

　　我们很久没有去找弗洛伊德玩了，她不再每天跑步，而是隔天去跑。这是件好事，天气很热，我有时候跑不动，有时候是不愿意见到猫王，甚至还有如雪，她现在和猫王非常亲密——那条纯种的杂种，我还以为他只是不跟狗狗玩，而仅仅跟人玩，原来他是有自己的圈子的！

　　她不跑步的下午，会丢下我一个人在家。怎么说呢，我们重新建立起信任以后，我也变得更坚强了，她这样定期丢下我一个人出去玩的时候，我也不再在院子里刨坑，或者去啃她那些板子和棍子。自从我能玩将双腿搭在小母狗身上的游戏以后，自信增强了，看家护院的本能也更强烈了：这是我的领地，不管是谁，休想靠近一步，特别是我的她不在的时候。

　　她离开的几个小时，我长时间地躺在对着院门的廊下。只有极少的时候，我会有轻微的焦虑，害怕上次的事情再次发生，不过，很快地，我会安静下来，小睡一会儿。我的她很多时候不知道我脑子里想什么。当我默默地注视她的时候，我能感觉到她当下的情绪，我想通过我的眼睛和她对话，她有时候注意到我在静默地注视，会忽然跑过来，捧着我的脸，用甜蜜的声音说："泰山，亲爱的，我相信你这双眼后面有一个灵魂，你的灵魂是从哪里来的？你成为我的狗狗，是不是我们前辈子有什么缘分？我知道你爱我，我也很爱你。有时候，我想到十年以后你就随时都可能离开我们这样的事情，我这里就牵扯得疼。"

　　她用左手摸着胸部。她这样啰唆的时候，没有手势、没有指令，我不知道她真正需要表达的意思，但是我能从她的声音里辨别她的情绪，而且我喜欢她捧着我的脸，所以，我会微闭着眼睛，叹息一声。

◇ 一丁

　　我用了好几天的时间，试图在电脑上的谷歌翻译里查询那些"恐怖"的希伯来文，而我的电脑键盘是没有这些奇怪的古老字母的，我甚至不知道希伯来语里有些字母在词尾是需要变形为其他写法的。

　　我立即报了一个隔天三个小时的希伯来语学习班。三个星期以后，在花费了大量时间和谷歌翻译的帮助下，我得出了一个大致的结论——我的婆婆在自杀前十天被里雄的这家私人高级医疗血检检验室诊断为急性白血病，且为晚期，不建议治疗。

　　我开始回忆她去世前的情况，除了她和我吵了一架，脑子里什么细节也没有了。另外，可以肯定的是，他那时在出差，并没有在以色列。

　　她是怎么自杀的？她留下了只言片语吗？毕竟，对犹太人来说，这是违背他们的宗教旨意的，她作为一个虔诚的犹太人，是什么邪恶的力量能让她违背自己的宗教？但愿她不像我猜想的那样，为了惩罚别人而伪装自杀，她所受的苦，或者说内疚，难道真的值得她做出那样的选择？如果我告诉他，他的母亲并非"真正"的自杀，能换回我初识的那个男人吗？也许会，可是，可是，他会被抛入另外一个死扣，他要如何面对母亲"吸毒过量"——为了惩罚他和娜塔莉而伪装自杀这样一个既成的事实……记得当初我和艾米莉去收拾她公寓的时候，他告诉我将她的私人用品打包放到地下室，他会去整理。可上次带泰山去和新的租房的人签订合同的时候，心血来潮去到地下室，发现他并没有打开过任何箱子。

他为什么没有碰任何东西，太忙了还是他在逃避？他究竟在逃避什么？为什么他不像我一样，如此急切地想要解开这个谜，难道他早已知道谜底，难道他和她一样感同身受？那么，他被什么负罪感攫住了喉咙？

我忽然觉得我们家里住了两个特工。而泰山是一条神犬，它在默默地帮助我们。

◦ **泰山**

也许安逸平静的生活其实意味着枯燥。而她又开始用大量的时间拿那些带毛的棍子去涂抹不同的板子，但是那些板子不领情，它们不像我一样，皮毛松软，又暖又滑。在她反复涂抹以后，它们仍然只是发出单调的声音，她有时候会愤怒地把它们摔到地上，有那么一两次，她甚至上去踩踏那些板子，弄出可怕的声音，然后又一屁股坐在椅子上，嘴里发出含混不清的话语。我闻到了那种有咸味的水，试图上前安慰她，我最有效的安慰是伸出舌头，舔她的手。有一次，她狠狠地推开我，另外一次，她紧紧地抱着我，流出更多有咸味的水来。然而到了第二天，她又开始故技重演，把一个新的板子放到架子上，重新用小棍子涂抹它。

我想念弗洛伊德，如果她一定要涂抹那些板子，她可以带着它们去弗洛伊德的老大那里，在那里涂抹，这样，我至少可以和弗洛伊德在院子里追逐，或者躺在一起——她那金色里带些棕色的毛发丛里有奇妙的气味，玩累了以后，我总是喜欢将头紧紧挨着她的腹部，听它咕咕地响——她一顿吃下的食物，够我吃两顿。

当然，不仅仅是我需要她，其实她有时候也需要我，比如她院子里有猫的时候——那些浑身臊味的家伙欺负她块头大，速度提不起来，总是闲庭信步地在她院子里走路。我在的时候，会一跃而起，把它们追得落荒而逃。

那一天，我的他在院子里种下了一棵树，那树上散发着和她的指甲缝一样的气味。她经常美美地围着树转圈——如果她有尾巴，这时候她的尾巴一定高高扬起，表达她的喜悦之情——从上面摘下什么来，放到嘴里，然后咂嘴大呼过瘾。我跑过去，闻闻她的手指头，是我熟悉的那种花椒气味。

"这是他送给我的最好的礼物，泰山。这棵花椒树，我相信全以色列从来没有人听说过这样的树，真不知道他是从哪里找来的，以后喝咖啡的时候，就可以摘新鲜的花椒放在里面了。"她说着，抚摩我的头。我将尾巴高高地抬起，像她一样兴致勃勃地围绕花椒树转圈，只要她快乐，我就会快乐。

那棵花椒树，确实能发出很独特的气味，我和她出去跑步，即使离开我们的院子老远，只要风向对，我就能闻到。

◇一丁

　　我没有告诉他我在看心理医生，也没有告诉他关于画展的
消息。

　　从赫尔辛基回来，我们俩的无性生活状态完全变了，从以前
的试探，反复无助地试探，到哭泣，偷偷不解地哭泣，到埋怨，
静默如深潭般地埋怨，再到最后的忽视，有意无意竭尽全力地忽
视。我们练成了一对仿佛在一起已经五十年的老夫妻，彼此熟悉
和舒服的程度成了骨子里的一部分，不是还有文艺以及外面荒唐
世界里的荒唐趣事吗？性不是婚姻生活里的唯一符号。

　　他在的时候，每天一早出门，我们会蜻蜓点水式地亲吻告
别，说再见的声音，听上去对一天充满了希望；午后，我会根
据他的工作进程，得知他是否回家吃晚饭——自从那次梦见他
母亲在我厨房里鹊巢鸠占以后，他在的时候，我便开始频繁出
入厨房。吃完晚饭，我有时候和他一起陪泰山出去散步，有时
候就找借口让他独自带泰山出去。我总是看书到很晚，他晴天
出去跑步，雨天在跑步机上锻炼，从不错失。两个人上床的时
候，会蜻蜓点水地亲吻并道晚安，听到院子猫叫春的声音，也
能坦然面对，相互道过晚安，安然入睡。这种平淡无奇的无性
夫妻生活，在两个人的精心修饰下，居然过得像真的一样。他
依然每月都会出差，只有在他出差的时候，那种"有问题"的
烦扰才会跳出来，在我的身体和脑子里上蹿下跳，让我不得安
宁，无法画画，无法做饭，甚至无法睡觉。

心理医生是在网上约来的，虽然我想找个女的，但是因为语言的限制，选择的余地并不大，最后敲定这个，是因为我在他的个人网页上看到了他的那只圣伯纳犬，它有个高大上的名字——弗洛伊德。

我想，养狗的心理医生，大概不会差到哪里去。

不过，其实我的心理医生也让我抓狂——他总是让我说，说很多，我一停下来，他就给我一个开放式的疑问，这样的疑问，用"是"或者"不是"是回答不了的。

他不用笔记，我相信我椅子的什么地方放着录音机，他在背光的地方，看着我，听得很专注：好像全世界他只在乎我，即使有时候泰山和弗洛伊德在院子里发出叫声，对他也是没有影响的。他那样盯着我，仿佛要对我催眠。我讲我的父母、我做裸模的生涯、赫尔辛基、阿呆和他的咖啡馆，以及我在想象中看到的那个站在公寓的台阶上，乳房下垂，怀里抱着一个、身边站着两个孩子的米娜，我甚至讲艾米莉。我在这样的讲述中，发现自己的生活圈子和社交生活都狭窄得可怜，这些年世界发生了各种快速的变化，我还像做裸模的时候一样，和这个世界保持着距离，并冷眼观察着它。第八次，我讲到了那个我最不应该放弃的孩子。那时候，我们俩都满怀激情，因为这样的激情怀上的那个孩子很可能会成为一个杰出的艺术家。我讲的时候，内心翻滚过一波又一波对自己的谴责，以及对那个孩子的负疚。如果那个天生的艺术家被生下来的话，现在已经超过两岁了，他会是泰山的好朋友。而我们是一对相敬如宾的好

夫妻，在他身上会倾注足够多的时间和爱，他会在温暖有爱的
家庭里长大，以后不用竭尽全力逃开它，也不会因为原生家庭
的罪，成为一个好多年都残缺不全，四处漂泊，试图将自己无
法安放的灵魂安放在某一处、某一个人的身边的人……

　　这样的设想几乎使我潸然泪下，但我在最后那一刻高昂起
头，并使劲地甩了甩，以阻止眼泪掉下来，虽然这一幕只有似
睡若醒的泰山知道。我不是一个迷恋后悔药的人，如果重新来
一次，在当时的情况下，我所做的决定很可能是一模一样的。
很多年来，我学会了对自己的言行负责，就连我婆婆那样决绝
的戏剧性人生结尾也休想将我击败。

　　第九次，我再也没有别的可说了。他不紧不慢地逼，最后，
我告诉他，那个和我认识两周就结了婚，在婚后越来越完美的
丈夫，在我婆婆自杀以后，忽然阳痿了。

　　我讲这件事的时候，特别注意他，就像我以前做裸模的时
候冷漠地盯着一个在纯粹的欣赏和猥亵的渴慕中间摇摆的男人，
看他最后能把自己的灵魂放在哪一边。

　　他没有透露任何思绪，他甚至没有动一下手指，也没有眨一
下眼睛，他盯着我的表情，让我猜不透他是否明白我在说什么。

　　"那你抚摩自己吗？"他说。显然，他知道自己听到了什么。

　　"我不能。"

　　"你不能？"

　　"是，我不能。"

　　"你觉得你为什么不能？"

"不知道，如果我知道我为什么不能，我大概不会来找你。"我煎熬着，等着他提出实质性的建议。

"你喜欢你的身体吗？"

我低头看看自己，看到自己的胸，说："谈不上喜欢，谈不上不喜欢。"

"可是绝大多数人都会觉得你的身体非常美，要不然，你也做不了裸模。"

"那是他们的事情，不是我的。"我不知道为什么，总觉得这个"绝大多数"就是那些对着长短镜头或者手里拿着画笔的人。这些人里面，没有他，所以这些人跟我毫无关系。我的身体对我来说，很多年都像一件昂贵的工具，那些年被租用得很频繁，后来用得少一些，最重要的是，我一直能和它和平相处。现在，它完全不被人需要了，不管是他还是别人，而我忽然不能把控它，它那些蠢蠢欲动的欲望，让我嫌恶。

"你觉得他会抚摩自己吗？"

这个问题，我其实问过自己好多遍，我脑子里甚至出现过他出差时找妓女的场景，太容易了。可是我好像从来没有担心过这个问题。

"你觉得他会抚摩自己吗？"他又问。

"我不知道。"

"你肯定不知道，但是我问的是你觉得他会不会。"

"我觉得他非常爱我。"我盯着他的眼睛，我确实是那样觉得的，他静默深沉地爱着我的方式，他眼睛里自己完全没有意识到的痛苦，除了我自己，没有人能懂得和体会到。

"所以，你很烦恼，你确定他爱你，但是因为他不需要你，你又怀疑你自己？"

"昨天晚上，我又梦见他母亲了。"我虽然希望他能治愈我，却不愿意配合，不是不愿意，而是这些让人无所适从的生活难题全是强加给我的，我被绑架了，就只能束手就擒，或者乖乖地心甘情愿地配合吗？

"这一次是什么？"

"我梦见她在我画的画上乱涂乱画，甚至用粗粗的画笔涂上猩红的叉号。"

"你在梦中看见了吗？"

"是的，我就站在玫瑰园里，她在廊下，并没有注意到我的存在，但是我看到了。"

"是这样啊。"

"我第二天早上醒过来，发现我白天画好留在画架上的画板上确实有一个大大的红色的叉号，然后，我看到了地上的画笔，在梦里，她确实把那只画笔扔到了地上。"

他未出一言，若有所思。他那种若有所思，让我怀疑自己快疯了，因为，很显然，他不认为我说的是真的，他以为我产生幻觉了吗？我应该把那幅打着红叉的画拍张照，下次来的时候，一定要给他看。

"你信鬼神吗？"我其实也给他讲过我的眉角在梦里碰伤的事情，他当时也是若有所思。其实要做心理医生也不难，因为他们最大的能耐就是即使听到发生像《天方夜谭》一样的事情也不眨一下眼睛。换句话说，他可能把眼前的病人完全当成疯子。可是我知道我没有疯，我还能感觉到泰山的温度，早上醒过来的时候能感觉到我自己的呼吸，知道这个世界还真实地在我的眼前存在，院里的每一棵树，我都叫得出名字，知道它们的习性，每天早上的那一杯黑咖啡，因为加进去的几颗新鲜花椒而变得无比美味……最重要的是，我还感觉到我需要他。

"不信。"

"我以前也不信。"

"现在呢？"

"现在，我不知道，我觉得他母亲完全知道关于那个孩子的事情。"

"为什么？"

"她自杀以前，大概一周，他在出差，她来我家里，她提到了孩子。她说：'你们为什么不生孩子？你们结婚都半年了。'我能感觉到她心情不好，我丈夫不在的时候，我们从来不单独见面。"

"看起来那天她是特地去找你的？"

"是的。我能感觉出来，她来找我，显然不是来看看我和我的狗是否还活着。"

"为什么？"

为什么？为什么？我要是能解答各种为什么，我怎么会坐在这里？我心里怪他，但嘴里说："我是女人，我就是知道。"

"然后呢？"

"我试过好几次，绕开那个话题，或者假装没有听见，但是根本不管用。她忽然爆发了。你知道，有时候，你只想避开任何可能的交锋，不是因为你不够强大，恰恰相反，而是因为你够强大，你知道对方永远赢不了，所以，你不屑于开始。她开始步步紧逼地挑衅：她逼视着我，尖着嗓子高声说：'你知道不知道，一个生命来到这个世界多不容易？'我从来不相信中国那套强加给女性的佛家所谓的堕胎便是杀人的说教，我一直相信那是他们要强加给女人的枷锁。实际上我对我婆婆也并无好感，从第一次和她见面就是那样，我在她眼睛里看到了同样的枷锁。于是我反击她说：'这跟你没有任何关系，这是我的事情。'她忽然恶狠狠地说：'怎么能没有关系？他是我的孙子，是我的血脉，是我一大家人里唯一存下来的血脉！你除了是个不信神的异教徒，你还是刽子手，你怎么能不要你自己的孩子？！'"

"你觉得她是如何知道的？"

"我也很惊讶，试图反驳她的无中生有，这让她更加暴怒。她尖叫着说她见过我丢在垃圾桶里的验孕棒，她还说，她生过孩子，看得出我乳房的变化，而我那段时间几乎不吃什么东西。她说她等着我们三个月后宣布她可以做奶奶，谁知道我忽然去了中国，回来后一切都消失了。她说完，给我添加了另外一顶帽子：不信神的骗子。"

"显然她说的都是真的？"

"是的，我那时候不愿意承认，而且她这样来干涉我的私事，让我很愤怒，让我想起我的父母。我们发生了激烈的争吵，然后她愤然离去。我当时担心，我丈夫出差回来后，她会和他说起这件事。谁知道，他刚回的第二天，甚至还没有去拜访她，她就自杀了。"

"你丈夫知道这件事吗？"

"我提到过这次争吵。我想，我总不能和一个不能说话的死人斗还输掉，而且，就因为死无对证，所以，我才要把事情从头到尾地告诉他，如果等到死去的人用某种方式说出来这些真相，我就完全处于被动的地位了。另外，我们在赫尔辛基的时候，我其实暗示或者试探过他，我当时问他，知不知道画家莫蒂里安尼画他妻子的时候，她已经怀孕了。"

"那他的反应是？"

"我很难判断他的反应。我们结婚后，他给了我绝对的尊重和自由，而且他的工作让他能成功掩盖他不想表露的任何想法。我相信，他即使知道，也从来没有试图责怪我。我们生活里出现的难题，不管是他还是我，都没有预料到。"

"你觉得他知道他母亲自杀前那次和你的争吵是有关孩子的吗？"

"我一无所知，我试图告诉他，我们有过争吵，可是他不欢迎任何关于他母亲的交谈。后来，我们要不上孩子了，我才意识到，我当初没将这件事透彻地讲清楚，完全不是一件坏事。"

我离开的时候，他忽然说："对了，你画画的时候，手上会有颜料吗？”

"什么意思？"

"你每天画画的时候，手上是不是会沾染上颜料？"

"会的。"

"你会洗干净它们吗？"

"当然，我总是洗掉它们。"我注意到他的眼光从我的手上移开了，禁不住低头去看我的手指。我在自己的小指缝里看到了一丝靛蓝，奇怪，我总是洗干净自己的双手的。

他若有所思地看着我，我明白有什么东西让他松了一口气。他见我观察他，马上说："嗯，你的画展准备得怎么样了？"

"不怎么样！我不在状态。"

"我认识一个人，叫阿龙，他在特拉维夫有一家不错的画廊，叫'大地'。你介意不介意我给他你的电话号码，我让他联系你？"

◇泰 山

在她身上，有什么东西发生了变化，虽然她还是会要求我
玩那个"眨眼睛"的选择题游戏。

现在的她，虽然还是会长时间地用棍子涂抹那个板子，涂
上各种颜色，不过她不会连续站在那里好几个小时，不理会我，
也不会忽然发怒，将刷子猛地丢在一个装水的罐子里，或者踩
踏板子。她会在这个间隙和我在花园里"你追我赶"地跑几圈，
直到我累得吐舌头，而她气喘吁吁——她难道不知道，如果把
舌头长长地吐出来，就可以散热，她就不会觉得那么累吗？其
实她是可以向我学习的嘛。

而且，她看到我将四肢摊平，头放在前腿上，盯着她的时
候——这是我在传递"我真的很无聊"的信号——就会放下棍
子，来抚摩我，说："乖孩子，你又无聊啦，你难道不喜欢我的
这幅画吗？"

我叹息一声——我一秒钟前确实很无聊，但是如果她这样抚
摩我，我就很满足，我是如此地享受这样的时刻：守着她，然
后她时不时地来抚摩我。这一声叹息，会让她不能控制地给我
零食，因为她会跳起来，说："好吧，好吧，让我们看看，还有
什么可口的零食给你。"然后，我就会得到一大块饼干，偶尔是
一种需要嚼很久的干肉，有时候是一种不太美味的鱼皮，不过
用来嚼嚼也可以改善一下我开始泛黄的牙齿。

现在，她每天都保持着所有我需要的"例行公事"，而且

她跑步的时候不再那么疯狂，距离也不像以前那么长。每次我们一起跑完，她都满身汗味地来抱我——我喜欢她的汗味，我也喜欢她抱我，以前她只是偶尔抱我，现在她几乎会天天抱我，有时候一天还会抱好几次。她抱我的时候，总是把脸贴在我的脸上，说："泰山，我爱你，你是我的神犬。"她没有看到，我像个白痴一样，将舌头不断地吐出来再缩回去——这是我表达最强的满足的方式之一，我喜欢她的脸挨着我的脸的温度，她的语气让我知道她很快乐，这让我也非常快乐和满足。

◇ 一丁

到第九次结束治疗，我的心理医生张口说话的时候，终于不再是问题。

"接下来我得去参加一个研讨会，然后和我太太去南非度假，我的秘书会帮你预约一次会面。按照秘书提供给我的安排，下一次的碰面时间，"他从来不说就诊时间，"大概是一个月以后。在这一个月里，我要给你留两个家庭作业，等下次我们见面的时候，我们来了解一下你家庭作业的完成情况。第一，你要找一个机会，和你的丈夫聊你的父母，还有他的父母；第二，你得找一个认识你丈夫的人，和这个人坐下来聊聊你丈夫。你能做到吗？"

"我究竟在这里做什么？"我绝望地问他，"我已经有好几个星期没有画出任何东西了。"

"非常快了，我们非常快就可以结束了，你应该相信我。"

我站起来，看到泰山和弗洛伊德在院子里躺在一块儿，弗洛伊德那么大，泰山那么小，但是它看上去像种狗，直挺的耳朵、谨慎的双眼、雪白的毛发，弗洛伊德比它大差不多一倍，温柔敦厚。

◇泰山

我们又去了北部一次，他和她以及我，我们仨。

我喜欢那个地方，喜欢结识新的母狗，不过，如果有弗洛伊德那样虽然高大但是温柔沉稳、满眼智慧的母狗就好了。我每次去那儿，和我玩的都是与我一模一样的瑞士牧羊犬。而这个周末运气好，我居然再一次看到了鼻头上长棕色斑点的小母狗。

那个满脸胡子的人还在，我们在围院里玩闹的时候，听到他说："泰山不错，小茉莉头胎生了七个，个个都健康可爱，泰山不愧是选美冠军的儿子。"这么说，这只母狗叫小茉莉咯，她显然还记得我，对我温柔又顽皮，我们很快就在他们面前玩开了那个好玩的游戏。

黄昏的时候，我们到达了森林里的一座小木屋。屋里有个壁炉，正烧着火，因为和小茉莉玩耍，加上长途车程，我很快就在那壁炉旁昏昏欲睡。

入睡以前，我听到他们唠叨那些她经常跟我说的话，什么"我爱你""我想你"之类……

◇一丁

　　我们带泰山去完成它的"使命"，结束后去森林里的家庭旅馆过周末。黄昏的森林里非常安静，我们躺在床上小憩，泰山则倒头就睡。

　　在路上，我忽然有了勇气要去触碰那我们都个小心翼翼避开的话题，说："真没想到，泰山艳福还不浅呢。"

　　他右手一拉方向盘，向左转了弯，说："泰山大概也没有选择，它生下来就被注定了，它爸爸是选美冠军，当初是我求着人家卖它给我的，配种是唯一的条件。"

　　在养狗基地，泰山和小茉莉在我们面前毫无遮拦地欢快，这居然让我肿胀起来，就像一开始听到猫叫春一样。我很高兴，我们俩——虽然那个饲养员喋喋不休地说话，但是，至少，我和他，可以在不尴尬的情况下，面对这样一个事实——世间万物都需要性，这不是一件难以启齿的事情。这样的时刻，躺在床上绝然不是一个好主意，我翻身看着他，像我们蜜月时一样，把右腿搭在他身上，用右手紧紧地抱着他。"我爱你。"他说，没有回避我心里和身体里翻腾的热望和委屈，用左手揽着我。我们的亲吻，多了些热度，不再像一对老夫妻之间的点到为止。泰山在昏睡中偶尔抬起头，看看我们俩，翻翻白眼，继续睡过去。

　　晚饭后，我们在独立的院子里乘凉。他谈到我的画，说最近这一幅很好，只是调暗，他更喜欢我以前使用的色调。我知道，那朵在黄昏的暗调光里以绝美的姿态盛开的莲，浮在黝黑的死水上，有一种不祥的绝望之美。遗憾的是，他和很多人一样，没有看到，在这朵莲花之下，游动着四尾鱼，两大两小。

云层里时有轰隆隆的军方轰炸机的声音，森林里传来各种野生动物的合奏曲——我心不在焉地和他说话，满脑子都是心理医生给我布置的家庭作业。这时候手机响起来——往常我的电话很少，何况是周末，却发现是阿呆打来的，这个夜猫子，中国应该是快凌晨两点了吧。他喝了酒，除了唠叨画展，催我应该交给他们的那几幅画，没说什么重点。他挂断以前，忽然莫名其妙地说："好好珍惜你的男人吧，我觉得不管是在中国人还是外国人里，他都是打着灯笼难找的。"我噎在那里。他忽然有些感伤地说："我说过你会有幸福的婚姻。"这家伙一定是受了什么刺激，莫名其妙！

挂了电话，我重新坐到他的对面——我发现我们好久没有这样安静地对坐了。在这里，我手里没有书，他也没有在疯狂的跑步中逃避现实，空间里只有我们的狗和作为背景的大自然。他握着我的手，问："是什么事情？"

我望着他，只有几秒钟，我就决定自己该做什么了。我的眼神随即变得凝重起来，要调动心里长久以来的委屈，非常容易，因为它们就堆积在那儿，只要我放松控制，就可以喷薄而出，这样想着眼泪已经上来了——那是我第一次当着他的面流泪，这泪能流出来，是因为心里这些被婚姻生活绑架而无计可施的无力感，但是现在它们有其他用处。作为一个情报人员，我希望他不会看到我在借力用力。

"怎么啦？"他伸出另外一只手来，将我的双手放在他的掌心里揉搓着。

"是阿呆，我妈妈出了车祸。"

"现在是什么情况？"

"情况倒是挺稳定的。"

"那就好。"

"以前你问过我两次，关于我的父母，我告诉你不想谈他们……"

"嘘……没关系。"

"可能你很难理解，在20世纪七八十年代的中国，农村人和城市人之间的差距。有时候你们国家的阿拉伯人抗议说他们是这个国家的二等公民，那个时候，中国农村出生的人，真的就像二等公民一样。"

他知道，这一次我想说，遂安静地盯着我。

"我外婆和我外公都是大学里教书的，'文革'的时候，外婆无故去世了，我外公从来没有提过她是怎么过世的。外婆去世的时候，我妈妈十二岁。'文革'结束后，我外公回到大学教书。我爸爸是'文革'以后从农村考出来的第五届大学生，也是我外公的得意门生。他成绩优异，英姿飒爽，仪表堂堂，爱好社交，完全不似农村人的样子。而我妈妈恰恰相反，她的外貌非常一般，完全不社交，但个性很强。她大学毕业以后做了机械工程师，听从了我外公的劝告，最终和我爸爸结了婚。但是，她骨子里极讨厌农村人，凡是我爸爸老家来的人，一律不能在家里住宿，她宁愿出钱让他们去住招待所，包括我爸爸自己的堂兄弟。在我小的时候，她也不让我跟我爸爸回老家，为此，我奶奶从来没从农村来过我家，也为此，我爸爸记恨我妈妈。我奶奶去世不久，我爸爸就闹离婚，态度坚决。那时候我外公身体不好，我妈妈委屈求全，一直拖着忍着，不愿意离婚，因为这是我外公最不希望看到的。后来外公一去世，她立即要离婚。这时候我爸爸已经弃文从商，并小有成果，但是他从来不往家里拿钱，并忽然拒绝离婚——因为离婚是我妈妈想要的。他们这样互相折磨了好多年，从我记事起他们就一直吵，互相撕咬。有时候他们会说是因为我才没离婚，而我从来不买账，他们俩我都恨。我爸爸拖了我妈好几年，直到我妈妈成功起诉离婚，那时候我刚进入艺校。

"后来我去做裸模，挣够了钱，逃去芬兰，待了近七年。我妈妈恨我做裸模，因为她认为那是完全不知廉耻、羞辱祖先的事情，还认为这些可怕而不可救药的行为都是从我爸爸的基因里来的。我觉得她将自己以前对农村人的嫌恶转移到了我身上，因而从来不跟我联系。阿呆和我是一起长大的，他和她有联系。"

"那爸爸呢？"

"爸爸后来再婚，但是生意开始走下坡路，简直混不下去，现在在老家开养鸡场。他偶尔给我发邮件，我知道，他也不以我为荣，而且他烟酒过度，疯疯癫癫的，我们并没有什么交流……"

沉默，他只紧紧地握着我的手，将头靠近我的头，抚摩着我的耳鬓。

"我感觉自己的父母就像一块我出生后就带在心灵上的胎记，这块胎记从来不会因为时光的流逝而淡化，反而有加深的可能。"

"哦！"他疼痛般地叹息了一声，将我整个搂过去，"上帝才知道我为什么如此爱你，我爱你的这块胎记，因为我的心灵上也有这样一块大大的胎记，更因为，你如此坚强，以这块胎记为底色，在上面画出了一幅绝美的画，你把自己活得如此独一无二，你不知我是这般爱慕你这坚韧的力量！我只想用我所有的力量来宠你、爱你，让你可以像个小女孩一样自由快乐地生活，偶尔能从那个心灵上刻着黑暗胎记的女汉子身上解脱出来。"

"可是，想想我真是太失败了，让自己的母亲恨成这样就罢了，却还要招你母亲憎恨。"我控制着自己心里升起来的柔情，心里充满和这个干了十几年情报工作的男人"斗智斗勇"的冲动。同时，我也终于因原生家庭造成的痛而对自己产生了一点点悲悯，从我十六岁开始层层包裹着我裸露在众人面前的身体的那个灵魂的盔甲，被自己心甘情愿地在他面前一层一层卸下，我要将那个最真实而疼痛的自己展现给他，因为我相信，他能懂，他能懂那种家庭带来的像宿命一般黑而冷的伤害。这种对自己的悲悯，让我泪如泉涌。

他忽然抓紧我的肩膀，将我从他的怀里挪开，紧紧地抓着我的双肩，盯着我的眼睛："不。你为什么这样说？"

"我知道她恨我。"我的脸在他的手里，意识到自己"借力"

成功，忽然号啕大哭起来。

他跪到我的面前，紧紧地抱着我："嘘……"

我们重新坐下来。我面对着他，紧紧地盯着他的眼睛，我试图像泰山一样，用静默交流，他要是读不懂我眼里的表情，那不仅枉做了十多年的情报工作，还枉做了我近三年的丈夫。几分钟以后，我停止了抽泣，说："她恨我，因为除了我不是犹太人，我还把我们——"

"不，她不恨你，她恨我和娜塔莉，她也恨我父亲。"

"嗯，为什么？"

"我也不知道为什么，我不知道她为什么有那么多力量恨，她所有的力量都用来恨了，她恨她身边的每一个人，而她身边的每一个人都如了她的愿。"

"如了她的愿？"

"对，我们都有理由让她恨。她当初不希望我父亲留在军队里，她脑子里还是犹太人那些传统的思想——结婚、生很多孩子。所以她当时要我父亲进工厂，我父亲不愿意，就留在军队里，直到在第一次黎巴嫩战争中阵亡。同样的道理，后来我进这个行业的时候，她也挑起反对大旗。我那时候年少气盛，不能忍受她对我什么都不满、我和娜塔莉做什么都不对。况且，我的阿拉伯语非常好，服常规兵役的时候，就在情报部门监听阿拉伯国家的信息，而大学心理学专业毕业后的对口选择，要么去警察局做警探，要么进情报部门，显然后者更适合我，也更有前途。娜塔莉当完兵不久，连大学也没上，就很快嫁了个智利移民。她也强烈反对那桩婚姻，理由是娜塔莉的丈夫根本不是真正的犹太人——这是一种非常不合时宜的想法，这是什么时代了，更何况，发生大屠杀以后，很多犹太人都抛弃了上帝。娜塔莉和她丈夫婚后很快就决定回到智利生活，我觉得她从很小的时候起就想逃离以色列。他们选择在智利生活，更增加了我母亲的痛苦，她骨子里因为自己孙辈的父亲不是真正的犹太人而耿耿于怀，而现状更加不尽如人意，她根本无法经常见到他们——即使她不得不妥协并接受他不是犹太人的事实。"

"然后，你还娶了我，我也不是犹太人。"

"跟你没关系，我早就让她失望了。"

我望着他，等着他继续。

"她对生活很失望，他们那些经历了大屠杀的人，总有些绵绵不断的对生活失望的理由，这种绵绵不断完全没有可能被杜绝，你想都不要想，他们把死去的六百万同胞全背在自己身上。你知道的，她是一大家子人里唯一幸存的人。我想，就连这个'唯一幸存'也成了负罪。有很多年，不，实际上，她一直在我和娜塔莉面前说：'为什么，为什么当初我没有和他们一起死掉？'——这样的抱怨，像一种永远也不能从身体里去掉的病毒，随时都会发作，发作的时候，身边的人要想保护自己不被这样的病毒伤害几乎是不可能的，这种由历史的幽灵滋养着的病毒，蚕食的不仅仅是他们这样的大屠杀幸存者，它还通过他们传到我们这一代人身上。我和娜塔莉，我们都有真实的生活要去应对，我们不能活在她的历史阴影里。我知道娜塔莉和她的丈夫为什么要移居智利，如果我有选择——我的意思是说，如果我能像她那样狠下心——我也早就不生活在她身边了。不得不说，没有你以前，去欧洲出差，对我来说，除了是工作，也是一种对无法逃避的糟糕生活的短时间报复。我甚至后来剖析自己，我当初选择这个工作，和她是有关系的——我希望工作能让我远离她一直扛着的黑暗历史而喘口气，因为我的工作性质，我有时候整整一周都不能联系她，同时，因为这是我的工作，她除了接受，别无选择。"他长长地吐出一口气。

我平静地望着他说完这一番话，看着他的双眸，想看看他是否读懂了我眼睛里的疑问。"不，你想错了。"他立即说，更紧地握着我的手，"你一定要相信，现在去欧洲和以前不一样，如果你难以忍受我这样频繁的出差，我可以和罗伊谈，我甚至不介意换工作，如果你认为这对我们是必要的。"

"不，我想，你喜欢也适合你的工作，这对你很重要，你出差对我来说，不是一个难题。"

"我母亲不仅仅对她丈夫失望，她对自己的儿女也非常失望。我感觉她好像要通过生孩子而把当初她在集中营失去的家人找回来，我父亲的早逝让她自己无法完成这些愿望，然后，她将这样的私人愿望移植到我和娜塔莉身上。娜塔莉逃得远远的。她转而紧紧地盯着我，但是我没有义务负担她因为独自存活下来而产生的负罪感，我有我的工作，我有我自己的生活，我也有我的负——"他忽然停下来，空气里奇怪的安静像忽然急速刹车时尖厉的摩擦留下的回音，引起了我的注意。这是第一次，我感觉到眼前这个老资格的情报人员不小心泄露了他自己想要隐藏的情绪。他一定意识到了我的感觉，他闭了一下眼睛，两秒钟后，又睁开，继续说："她不能主宰我的生活，将她对自己的失望变成对周围世界的失望。她一直希望我像正统的犹太人一样，早早地结婚，二十五岁就能让她抱第一个孙子，然后能持续为她添好几个孙子。"

"我们认识的那年，你都三十六岁了。"

"是的。"

"我那么有魅力？"

"你有！你曾是我的灵丹妙药。"

"为什么现在不是了？"

"你依然是，只是，有时候，药效不会立即产生。"他抹干我脸上最后一滴眼泪，试图用幽默来化解。不过我被绑架的无助和忧伤没有让我轻松起来，我还是默然地看着他，决定不给他任何顾左右而言他的机会。

他屈服了，说："你不太了解，在以色列，很多女孩子不能忍受丈夫的工作是秘密，而且有很大一部分人认为我们这种情报工作是不道德的，或者让她们缺乏安全感。我不能说它有多伟大，但世界上任何一个国家都缺不了这样的工作，也需要合适的人干这样的工作。我年轻的时候努力过，想要早一点成家立业，不过都没有成功。"他看牢我，停顿。我们在月光里探索彼此眼睛里的疑问。

"其实，同事中也有带家属在欧洲常驻的，但那对我不管用，我不愿意将我的家庭带入这种工作境遇。另外，我母亲一个人生活在以色列，而如果没有这种以色列和欧洲出差的转换，我就没有足够的力量来抵抗我母亲那些可怕的病毒对我的影响。我跟你求婚的时候，知道自己是在做一件危险的事情，因为很可能你也讨厌我这样的工作以及经常出差，不过我发现你处理得很好，你没有感到不安全，甚至有点喜欢，对吗？"

"对，我一个人生活惯了，正好需要空间。"我如实回答。

"为此，我经常觉得自己很幸运。"

"不，认识你，我很幸运！"

◇泰山

　　她越来越把我当成真正的"我们仨"里的一分子了，虽然她坐下来吃饭的时候，我还是不会被邀请到桌子上，但是她吃苹果或者橙子的时候，总是和我分享。苹果对我的诱惑一般，可是我很热爱吃橙子，特别是从那个白色箱子里拿出来的橙子，它们凉凉的，有充足的水分，还有甜味。我觉得我是世界上顶幸福的狗狗，当然，我也更尽职地保卫她、陪伴她。

　　他不在的晚上，我自然地睡在她的床头，我有时候会听到她从牙齿间发出摩擦的声音，只好站起来，去查看她是不是在做噩梦。我舔舔她的手，意思是说："喂，我在这里呢。"她"嗯"地轻哼一声，通常翻个身，又睡过去了——这虽然不太礼貌，但是我也可以放心地回到我的垫子上，继续守护她。

　　一切都令我很满意，虽然只有一点点担心，因为她不再半夜三更起床，推门出去，在院子里走两圈，然后坐到葡萄架下面看星星和月亮了——不管怎样，她高兴就好，如果她哪天忽然想起来，要重新开始做这样的事情，我也会陪着她的，我喜欢陪着她，这让我觉得无比安宁而美好。

第三部

罪 与 赎

◇一丁

比约定的时间晚了大概半个小时，"大地"画廊的经理阿龙才得以"接见"我，我本来非常讨厌迟到，但是在他不算小的画廊里观画让我忘记了时间。

他最后坐在一幅红得像血一般的罂粟花画前接待了我。在画廊的灯光下，这个肌肉紧实的男人浑身散发着地中海阳光照射的印迹：双眼晶亮，皮肤黝黑，牙齿因为晒黑的皮肤显得特别白，他用了很浓的香水，这气味让我蠢蠢欲动。

我们一坐下来，他就毫不掩饰，饶有兴味地盯着我。他盯着我的眼神，和以前那些盯着我裸体的男人有一个共同点：他们对我感兴趣。只是有些人的兴趣是猥琐的，有些人的兴趣源自好奇心的，他的这种兴趣好像是看到一个外星生物，他的眼神在说："哇啦啦，居然让我碰见了这样的事，你最好还是一一招出你的底细吧。"

他眼睛里表达着那样一层意思，嘴里说："简直是太高兴认识你了。我看了你的画，毫不隐瞒地说，除了对你的画感兴趣，我还对你的人感兴趣。"

我在以色列的生活相当封闭，泰山是我最亲密的朋友，和本地人的接触也非常有限。我虽然不至于害羞，可是他如此开诚布公，倒让我觉得耳目一新。

"对我这个人？"

"是啊，你是一个中国人，还是个画家，却生活在以色列。"

"嗯。是这样。"

"然后呢？"

"没有那么多有趣的'然后呢'，我是一个中国人，我生活在以色列，我有一只瑞士牧羊犬，它的名字叫泰山，我丈夫——"

"什么？瑞士牧羊犬，简直太巧了，我父母家也养了一只瑞士牧羊犬。"他打断我，摸一摸修得很整齐的一小簇胡须。

"你喜欢以色列吗？"他改变了手的姿势，握拳托着自己的左脸，眼神一直没有离开我，他这么一动，那香水味重新浮动在空气中。他盯着我的样子，好像恨不得一口将我咬掉，细细咀嚼，这样自然就知道了我的真实底细。

我要是告诉他——我的以色列生活，就是每日疯狂地跑步，我的狗陪着我画画，我丈夫隔三岔五地出差，我脆弱到看心理医生，这几年，除了我婆婆貌似已经证实的秘密假装自杀，还有我丈夫阳痿，我的生活差不多是一片空白，没有什么所谓的以色列生活——他会怎么看？

"嗯，还不错，怎么说呢，实际上，我对以色列不算特别了解，我最近要在上海办一个画展，正在赶那么一批画，所以……"

"什么，你只是一个闭门造车的画匠吗？"他一挥手，仿佛要赶走那个闭门造车的画匠。

"不，我是一个想象力很丰富的艺术家，对这样一个艺术家来说，不管是中国还是以色列，甚至月球，所处的地点是不能影响她的想象力的。"我笑一笑，有点喜欢他。

"说真的，"他又靠回椅背，再煽起一阵撩人的香水味，"我非常喜欢你的画，我会给你做画展的，具体的时间，得和我的策划经理商量，看我的画廊已经定下来的其他安排。"

我忽然想起阿呆说的"外来的和尚好念经"，在以色列，我也是"外来的和尚"，只是不知道他是不是看懂了我的画。其实，是否看得懂，大概也不是多么重要，很多画本来就是表达开放式的想法的，我厌恶说教。

"嗯。谢谢！"我说，莫名其妙地觉得自己就要转运了一样。

"你的英语非常棒。"

"还好。我在芬兰读过书。"

"怪不得！"他饶有兴味地盯着我的眼神里又多了些兴趣，"嗯，你看我需要吃一顿早午饭——我没有吃早餐，为了省钱，就早饭和午饭一起吃了。"他笑了，露出健康黝黑的皮肤上那个高而窄的鼻子下面的雪白牙齿。

"那好。"我推开椅子，试图站起来。

"哦，不不不，我还有好多话要跟你说呢。"他用手按着我的手，试图让我坐下，"我能邀请你和我一起在著名的特拉维夫海滨大道散步，然后去可以看海景的那家KIKA餐厅吃饭吗？你只要等我五分钟，我安排一下工作就可以了。"

"这样啊。"

"当然，我请客。"他推开椅子站起来，"就这么说定了，你一定会喜欢的。中国艺术家女士，你生活在以色列，怎么能不让自己染点地中海阳光的色彩呢？"

　　说完，他转身离开了。我摸了摸自己的脸，我是不是看上
去很苍白？

　　那一顿饭，吃了近三个小时，阿龙爽朗快活地说话，意为
通过了解我来理解我的画，我并没有觉得无聊，海景是无敌的，
只是他的香水味让我烦躁。

◦泰山

她今天出去了大半天，回来的时候，身上有一种奇怪的香水味。我的他也经常带回来各种各样的香水味，人类喜欢用香水，是一个错误，如果他们不用香水的话，可能更容易辨识彼此的真气味。这样的话，他们大概不会认错人。

他最近背叛我们了，因为，我从他身上多次闻到另外一只猫的气味，这样的气味，几乎固定地一个月一次，后来加上两个小男孩的气味，以及另外一个女人的气味。

他在什么地方养着猫呢？这只猫的主人是这个女人，还是这两个孩子？他每次从这家人那里回来，我都能闻到他裤边那只恶心的猫在上面擦拭留下的气味，甚至有一次，我发现了一根黑色的猫毛。那两个孩子其中的一个经常把他的口水沾在他的衣领上，而在他的大腿上闻得到小孩子的尿臊味；另一个孩子则喜欢吃面包，因为每当我意识到他去和这只猫玩过的时候，他鞋带的缝里总有面包屑。我本来是可以帮他舔干净的，但是他背叛了我和她，更可怕的是，他居然和一只猫来往，这样的背叛，不可原谅！不管怎样，他喜欢猫让我非常失望，因为我讨厌猫那副自以为是的高冷和孤傲，它们其实不过是在掩饰自己的孤独罢了。他要是每个月都要去这样的地方，总应该为了我，避开猫吧！

除了他背叛我们这件事，我还越来越想念弗洛伊德，而我的她最近只带我去见过她一次。上次见面的时候，她身上发生了变化，她在散发一种奇妙的芬芳，那气味时有时无，无法捉摸，这激发了我特别想和她玩双脚搭在背上的游戏的欲望。也许是因为她太高大，也许是因为她像以前的如雪一样，不知道这个游戏多好玩，所以，虽然她没有排斥，可是不知道如何配合我，这样，在那儿一个多小时了，我累得舌头一直耷拉在外面，却没有完成那个好玩的游戏。

◇一丁

　　再次去见心理医生的时候，我只做了一道家庭作业。

　　我认识的唯一一个他也认识的人，是他的上司罗伊。结束蜜月旅行回到以色列的时候，罗伊邀请我们吃饭，他是一个干瘦的老头儿，你无法从他的面部表情以及眼神里捕捉到任何信息。不过，那次晚餐并不让我紧张，他虽然是因为职业习惯，很深地隐藏自己的内心，但是，看得出来，他为他高兴。晚餐结束的时候，他热忱地拥抱和轻吻我，真心诚意地祝我们婚姻幸福。

　　我没有勇气给罗伊打电话，因为我没有勇气和一个只见过一次面的男人讲述自己的丈夫，而且这个男人是他的上司。即使我有勇气打电话给他，从技术层面来说，也有困难——我得想办法从他的手机上找到罗伊的电话号码。即使找到了，约他出来见面，告诉他，他的得意门生，我的丈夫，在床上出现了问题——这样一个难以启齿的对话，我如何才能把控？而且，我很难保证我的他不会知道这件事情，他要如何来面对？这是一种伤害，就像我们当初尝试失败后的伤害一样，将这样私密的事情提出来探讨本身就是一种伤害。

　　休假结束后，心理医生脸上的肤色深了一些。我描述了我与我的他互相谈到自己家庭的情景。我看到泰山和弗洛伊德在心理医生精心打理的花园里上下追逐，咬着彼此的尾巴。和弗洛伊德的笨拙可爱相比，泰山修长的身体显得灵活机敏，不过有些可笑的是，泰山总是试图把前腿搭在弗洛伊德的背上，弗洛伊德虽然不特别躲让，但是这对泰山来说是个不小的难题，它的个头和弗洛伊德的比，太小了。我会心地笑着，这是到心理医生这里来第一次感觉到自己不是病人。

我决定和心理医生讲我发现的关于我婆婆自杀前十天的验血报告。

我认识到，虽然发现了真相，但我依然无法赢那个已经过世、永远不能开口为自己辩解的人：我无法告诉他，他的母亲之所以用一种假象的自杀，很可能是为了伤害他。至于她为什么要这么做，有可能是她觉得他伤害了她，没有成为一个她想要的儿子，早早地成家立业，生活在自己身边，随叫随到；也许是她终于扛不下去了，那段黑暗历史压垮了她……还有很多也许，我不得而知。单单告诉他这件事情，就是对我的伤害，因为这必将伤害到他，我不能忍受自己去伤害他。然而，不告诉他，也是对我的伤害，我的婚姻在承担着一个母亲对自己的儿女所能做的最卑劣之事最严重的后果。亲爱的泰山帮我解开了人生里的一个死扣，我却发现自己进入了另外一个死扣。

还是和以前一样，心理医生安静地听我讲完，连眼睛都没有特别眨一下，却只说了一句："你是个很聪明坚强的人。"

他从来都是听我说，提各种问题，像这样直接地评论或者赞美，还是第一次。他这样的态度，反而诱导我说出了更多。

"我前段时间学了一些基本的希伯来语，所以，最近两个月，我去银行查看了我们的账单。他定期地为某一个地址——

私人住宅地址，购买鲜花，我还看到有三笔小孩子玩具的信用卡记录。以前的星期四，如果他在以色列，总回家吃饭。这几个月来，每到星期四，据说他们有一个例会。你知道，他的工作，我不能问，星期四他要到晚上十点以后才回家。实际上，可能是因为他经常出差吧，所以他在以色列的时候总是尽量回家吃饭，但是最近这几个月，如果他在以色列，星期四他总不回家吃饭。"

"所以，你认为星期四的'会议'和这些奇怪的消费账单有关系？"

"我可以肯定。因为星期四回家，他总捧着鲜花，他一进门，拥抱我的时间要比往常的时间长一点，也抱得更用力一点。而且，他有一个自己没有意识到的习惯，他喜欢泰山，但是他不像我那样拥抱它。星期四他也总是去拥抱它，说，我们仨是一家人，这样真好。有一次，他意识到我在看他，又随意而轻松地说：'你知道，明天就是周末了，结束一周的紧张工作，总是让人感觉轻松和开心。'还有一个细节，如果在星期四他回家的时候，我眼睛里有一丝丝疑问，他还会去查看垃圾桶是否满了，虽然在家里他总是试图帮忙做各种事情，比如倒垃圾，但是在星期四，帮忙丢垃圾是他逃避我眼神的最明显的一个方式。"

"那么你觉得星期四和这些账单说明了什么呢？"

"我完全无法知道。实际上，你可能会觉得很奇怪，我对他有一种自己也不能明白的信任感，再者，如果他无意告诉我，那么我要去挖掘或者逼他也不会得出什么好结果。也许他不告诉我是为了我好，就像我一直不能把我对他母亲的发现告诉他一样。我相信，他不告诉我，有他自己的原因，也许，他是在保护我，至少，我认为不告诉他关于他母亲的血检结果是对他的一种保护。"

心理医生静静地看了我一会儿，我相信很多心理医生也都遇到过病人对自己撒谎的时候。

"那么，另外一个家庭作业呢？"

我解释了另外一个我不能完成的家庭作业的情况。他看牢我，说："如果你觉得很难和他开口谈这件事情，可以试试问问他是否愿意和你一起到我这里来一趟，这样，我会问该问的问题。"

"这能解决问题吗？"我说。

"我觉得你没有什么问题。"他说，说得很认真，"你有一些压力，这些压力是外力加在你身上的，你会不断地自我调适，实际上，你已经调适得很不错了，因为你很坚强，而且，你非常聪明。"他说得极为自信而肯定，全然不是安慰一个病人的姿态，倒像安慰一个玩耍时受了伤的小孩的样子——没有关系，这些碰伤，再过一两天一准会消失——"你有没有注意到，自从你拿到了他母亲的血检报告，你就再也没有梦见过她了？也就是说，你再也没有梦游了。"

"梦游？"我睁大了眼睛。

"我可以肯定，强大的压力让你产生了梦游，你是在梦游的时候磕伤了眉角，也是在梦游的时候往自己的画上打叉。你告诉我，你总是把自己的手洗干净，可是第二天我在你的小指缝里发现了颜料。而且你那段时间总感冒，我相信也是梦游造成的。我没有告诉你，是不想额外增加你的压力，而我对你的判断是对的，你已经好了，你搞定了这件事情。"

我脑子里像剪辑师一样，将那几个月发生的怪事串了起来。

他微笑着等我串完了，说："另外，在你这个案例里，我非常希望能和你丈夫见一次面，但是你告诉我，你不愿意让他知道你在看心理医生，那么，根据你告知我的情况，我确实需要和罗伊见一次面。"

"嗯，我需要拿到他的电话号码。"

"对你来说，应该不难，如我早前提到，你非常聪明，肯定能搞定。"心理医生不用问句和我说话的时候，让我觉得格外舒服。

"这本来也不难，但是我的丈夫是一个特工，我的意思是说，他做情报工作。"这句话对我这个中国人来说，听起来像电影里的对白，故意要弄出些玄虚，但是在这个曾经在军队做过心理医生的以色列人面前，没有产生这样的效果。

他思索着，说："嗯，请你拿到罗伊的电话，你可以在电话里简单告诉他，你觉得你们的夫妻生活有些问题，问他是否介意我给他打电话。如果他愿意来见我一次，那是最完美的，当然，你也需要参加，这样是最有效的结果。"

◇ 泰山

那一晚，他回来了，像往常一样，他半夜三更地到了家，轻手轻脚地进入洗手间，不一会儿，里面就弥漫了热雾。我闻到了那些来自很多有趣地方的气味，在水的冲刷下，一丝丝地流入下水道。

我还是像往常一样躺在蓝色的毯子上，这时听到好像她起来的声音，但是浴室的房门紧紧地关着，所以，我把头放在毯子上，满意地叹息一声，等他出来。我听到他说："怎么啦？你为什么叹气，泰山？看在上帝的分儿上，你都不知道自己生活得多么幸福，每天都有人陪着你，每隔几个月，你就有不同的女朋友，你还叹气？"

我不屑于他的无知，他显然不知道，如果我叹气的时候，眼睛是半睁的，就像现在一样，就说明我很满足。

他裹着白色的浴巾出来，看着我说："嗯，我不在的这段时间，你乖不乖？你有没有照顾好她？"我眨一下左眼，就是这样，我通常想和他说"是"的时候，会眨左眼——虽然他完全不懂和我玩"眨眼睛"的游戏。

他光脚在我摊开四肢后裸露的肚皮上抚摩了一阵，打开水管开始"嚓嚓"地刮起胡子来。作为回报，我伸出舌头，舔了舔他的脚趾缝。他扭动着双腿，说："泰山，我不在的这个星期，她又去找心理医生了吗？"我听到自己的名字，抬头看看他，张开耳朵，想听听他有什么指令。我心情好的时候，偶尔也听他的指令。"你觉得心理医生有用吗？"他又说。我没有眨眼睛，因为我不知道他在说什么，我没有捕捉到任何指令。

"你知道吗？泰山，我从来不相信他们，每年不得不面对他们的那一整天里，我都在心里嘲笑他们，因为他们除了听你说话，什么都干不了，从我做这个工作的第一年起，我就没有相信过他们。泰山，你知道吗？如果一个人不说出来，心理医生根本不知道他们的生活发生了什么。"他一边继续"嚓嚓"地刮胡子，一边啰唆地说着废话，"心理医生根本救不了任何人，每个人都得自己救自己，你知道吗？"

我没有听到任何我懂的指令，只好叹一口气，又躺下去，这一次叹气，是代表真的有点无聊了——人类总是说太多废话。

◇ 一丁

他一开门我就醒了。

为了知道他什么时候回来，我让泰山睡在我的床尾，泰山一跑出去就会激动地摇尾巴，因为太激动，难免尾巴会碰撞到周围的物件，这样我准会醒过来。我在床上一动不动，等他进了浴室，关上门，我立即起床，找到他背包里的手机。手机虽然处于关机状态，但还是温热的，他一分钟前应该还在出租车上使用过。

我输入事前想好的三个密码，我知道我只有三次机会。第一个是他的生日，第二个是我的生日，全都没有通过，而第三个是我们在上海，他第一次在咖啡馆认识我时的日期，出乎意料地，锁屏密码开了。

我迅速地调出"最常使用"名单，惊异于那里居然没有罗伊的名字，另一个惊异之处是我的电话号码在他的"最常使用"名单里排在首位，那十多个号码的最后，是我已故近两年的婆婆的电话。我几乎噎在那里，一动不动，忽然听见他从浴缸里出来，还和泰山说着什么，后来水龙头打开了，我相信他开始刮胡子了。

最后我抄下了三个电话号码，它们都有着奇怪的名字：蜗牛、泰山、RI——这恰好是罗伊名字的缩写。写完以后，我赶紧溜回床上。一个做情报工作的人应该知道，如果他妻子在床上已经睡了几个小时，她的手脚不应该是冷的。

不一会儿，他轻手轻脚地上床来，在我的肩膀上轻轻吻了下，然后轻轻地摸索着，抱着我。我哼哼两声，但是没有开口说话，直到听到他的呼吸均匀而沉稳起来我还没有睡着。

第二天，我给三个号码分别发了一则短消息："自上次见面以来，多日不联系，不知道是否有时间见个面——YIDING。"那是我中文名字的拼音。

其他两个都没有回，署名"泰山"的那个电话号码不久就回了短消息："YIDING，我下午四点有空，我打给你？"

"好的。"我回复。

决定给"泰山"起中文名字的时候，我和他在一系列备选名字中犹豫不决，他不介意我取个中文名字，不过前提是他得能发这个音。后来选了"泰山"这个名字，是因为《人猿泰山》那部尽人皆知的电影，而他也可以轻易发出"泰山"的音。决定取这个名字之后，我还给他解释，"泰山"除了是中国的五岳之首，还有"岳父"的意思，并细细给他讲"泰山"这个词如何在唐明皇李隆基泰山封禅后被广泛使用，意指"岳父"大人。此刻，他用"泰山"称呼自己的上司罗伊，是为了保密还是因为有点把他当父亲的意思就不得而知了。

"泰山"即罗伊在下午四点准时给我电话了。我在电话里，尽量保持着沉静，告知他，我和他，我们的婚姻出现了一些问题，他是唯一认识我们并有可能帮助我的人。

出乎意料的是，他竟然爽快地答应了，见面的时间将是我的他两周以后再次出差的第一天——我已经不去想他更加频繁地出差是不是只为了躲避我们婚姻生活中出现的难以解决的问题，而是顺其自然或者不求甚解。

◇ 泰山

最近，他每次回家，我依然能闻到那只猫以及那个女人和那两个孩子的气味。我试图用我的黑眼睛质问他："你去找别人玩就算了，为什么偏偏还要带回来一只猫的臊味？"闻到这些重复固定出现的气味的那天，他带我出去散步或者跑步的时候，我多半不听他的指令，而是闷头独自前进。

他那天本来应该跑步的，虽然穿着跑步的衣服，他却在中途停了下来，低头将双手放到膝盖上，粗重地喘气。我只好也停下来，把舌头长长地耷拉在外面，让它流汗以带走我身体里沸腾的热。

"她又离婚了，泰山，第二次，你知道吗？我愿意做很多事情让她能够幸福，她还有她的两个孩子，以及那只猫。泰山，你知道吗？如果我能像你这样只有吃、睡和玩三件事，我也不在乎每天只有两次能出来放风，然后偶尔去会会不同的女朋友，这已经是天堂般的生活。"

他用一只手来抚摩我的额头，声调里满是罕有的忧伤，我只好停在那里，让他唠叨，这样，他也许会感觉好一点。

"泰山，做一只狗会不会没有内疚感？或者内疚感像泡沫一样，虽然会以可怕的方式复制并膨胀，但是只活一次？我相信你永远也不用体会内疚是如何在黑夜里重复地啃掉白天新长出来的要忘记一切的勇气。"

我眨了下眼睛，忘记了眨的是左眼还是右眼。

"你这双黑眼睛，是不是想问我，要是能回到从前的话，会不会做同样的事情？我告诉你，泰山，时间倒回是人类所能做的最愚蠢的假设。还有，如果那样的话，我也就不能遇见一丁了，或者，如果那样的话，遇见一丁的时候，我可能已经是三个孩子的父亲了。人类怎么能创造出'假如时间倒回'这样愚蠢的句子？！"

他抹一下额头的汗水，将双手从膝盖上拿开，站起来继续快速行走。我跟着他，依然粗重地喘息着，这一次没有眨眼表示同意。

"泰山，下辈子，要是有下辈子的话，你来做人，我来做狗吧，不过，你一定要像我们现在对你的方式这样来善待我……

"算了，泰山，下辈子这样的假设，也是顶愚蠢的。"

我根本不知道他在废话什么，要不是他总叫我的名字，我早就跑开了，虽然这片野外对我来说已经完全没有新鲜感了。

◇ 一丁

当那个叫阿龙的画廊老板给我打电话的时候，他一定听出来我根本没有记住他的名字，或者说，我根本没有把他的名字和他的身份以及声音对应起来。我其时正站在那幅黑夜森林的画前，设想月亮应该是什么诡异的颜色。我的沉默让他终于说道："嗯，还没有想起来我是谁吗？就是那个满身健美肌肉而又满脑子浪漫艺术的帅呆了的画廊老板。"

我惊觉自己的失礼，想起来阿呆的叮嘱："在以色列办过画展会让你在中国更有吸引力。"所以，连忙用哈哈大笑来回应他的幽默："当然，我当然记得你，帅气又有艺术细胞的画廊老板！"到那一刻，我还没有记起他的名字，虽然他的面貌、笑容以及香水味已经在我脑子里被激活。然后，我就稀里糊涂地接受了他的邀请：在特拉维夫的郊外，有一个关于"瑞士牧羊犬"的聚会。是不是现代科技太先进了，社交网络如此方便，而人类也越来越寂寞，需要各种聚会，连狗狗都会成为聚会的理由？

那天黄昏，我在那个有着巨大游泳池的私人大花园里出现的时候，看到了十来只雪白的瑞士牧羊犬到处欢快乱跑，感觉自己倒像个进了动物园的入侵者一样。有几个帮工样的男人在角落里烤肉，精心设计和打理过的花园中，树上和花丛里打着灯光，人和狗在泳池与花园之间穿梭。泰山很快就消失在大小不一的白色牧羊犬中，和它们互相嗅着屁股、打着招呼。我原以为会很难认出泰山，毕竟它们都是一模一样的纯种牧羊犬，现在才发现，就像双胞胎母亲能认出是老大还是老二一样简单，因为狗狗其实也是有表情的。

我将自己带来的红酒放到餐台上，一转身，穿着休闲短裤的阿龙就站在了我身边，我还来不及伸出手去，他已经把脸凑过来，身上是一模一样的撩人香水味，他脸上是以色列人的那种自来熟，像地中海阳光一样，躲都躲不过，我只好把脸伸过去，左右和他行贴面礼。他仔细看了我一眼，眼里闪着光说："你今晚很漂亮。"我还未及说谢谢，他已经吹了一声口哨，一只毛发上好的瑞士牧羊犬立即跑了过来。"这是美女黛安娜！"他说，用手指拣起餐台上盘子里吃剩的一块烤牛肉饼，黛安娜立即以优美的姿态坐下，大尾巴摊开在绿色的草坪上，抬头看着他。他笑笑对我说："你看着，黛安娜小姐喜欢在吃东西前进行有艺术感的仪式。"说完，他优美地转了个圈，抬起左腿。黛安娜一鞠躬，也转了个圈，然后跳舞一样从他的左腿下穿过去，安静优美地坐在另外一边，白色的大尾巴一摆，安静地放在绿色的草坪上，随即伸着长脖子，等待它的奖励。"真乖。"阿龙说，随手给了它食物。等到它很快地吞咽下去，他又说："黛安娜，来，认识一下这位中国美女画家。"黛安娜过来嗅我的手指，我并没有东西给它，所以低首去抚摩它。我很高兴地看到阿龙注意到了我无名指上那枚钻石戒指。不知道泰山什么时候出现了，挤到我和黛安娜中间，用头和脖子蹭我的腿，见我还不停手，对着我不满地叫了一声，我不得不停止抚摩黛安娜。

我心里对泰山的吃醋有种莫名其妙的骄傲，至少在泰山那里，我是整个世界，嘴里却说："泰山，你不要这样容易忌妒好不好？黛安娜可是美女呢！"

"忌妒是最好的春药。"阿龙莫名其妙地说。

我笑笑，说："泰山，和阿龙帅哥握握手。"

阿龙伸出手去，泰山全无兴趣地看了他一眼，勉强地抬起左腿，头已经转向了黛安娜，并伸出舌头，去舔它的唇吻。

"看看它们，人和狗还是不一样，它们完全凭直觉。"阿龙看着两只狗，用羡慕的语气意味深长地说。

我转头去给自己倒了一杯红酒。

他找到餐桌上的纸巾，擦了擦手，说："来，让我们去见见这里的主人。他是我的朋友，也是艺术发烧友，等你在我那里做了画展，要让他来买一幅。"他用礼貌的姿态，将右手轻轻地搭在我的后腰上，领着我向院子的另一角走去。

◇泰山

　　我不知道人类有没有直觉，我们狗狗的直觉是很准的，除了对人类情绪的判断外，我们还能分出自己对他们的喜好。

　　我非常不喜欢黛安娜和她的主人，他们身上都有奇怪的气味。黛安娜的来自她的毛发。像我们这样的瑞士牧羊犬，先祖是在旷野上奔跑的，却要把自己弄得跟那些可怕的待在女人怀里的宠物狗一样使用香波。说老实话，我的她老说我是胆小鬼，连身材小巧的宠物犬都害怕，简直是笑话！我才不怕他们，只是每次和他们相遇，我都不知道如何和他们交流，因为他们身上散发着怪味，动辄露出自己的牙齿，喉咙里发出些不友善的可笑声音——这些声音对他们来说，可能会帮助他们想象自己变得更强大一些，但是对我来说，他们那么小、那么矮，有些长着奇怪的毛发，有些甚至是卷的，还有的居然全部搭在脸上，连眼睛都看不见，滑稽可笑。嗯，对了，还有些直接就像扫把，随时都在扫地。最让我不能忍受的是，他们的主人经常给他们洗澡，他们身上已经没有自己的真实气味，全是各种香波的气味。而且这些小不点宠物犬总是动不动就一副好斗的样子，完全没有大家风范。像我这样威武的纯种牧羊犬，完全不知道拿他们怎么办才好，靠近也不是，不靠近也不是。此刻黛安娜身上就有一种那些宠物犬身上才有的糟糕气味，所以，虽然她长得非常狐媚，但是我对她完全没有兴趣。对了，她的脖子上，居然挂着一条金色的项链，她如果不愿意像我一样挂一只诚实本分的狗狗应该佩戴的皮带就算了，却要挂一条金光闪闪的项链，和猫王那只纯种杂种一样装模作样，自以为个性十足，实在不值一提。

而她主人身上的气味让我想起猫身上的臊味，虽然不是同一种，不过在我鼻子里产生的反应是一样的，那种臊味会让你想要撕咬他们。那晚，我认识了很多和我一模一样的狗狗，还在那个满是水的池里游了一圈。如果没有黛安娜和她主人讨厌的气味，那应该算是一个完美的夜晚。

离开的时候，我十分不情愿，如果每个月能这样聚会一次就好了，也许下次弗洛伊德也会参加。

我恋恋不舍，用眼睛暗示她，我们应该每个月都来。那个有猫臊味的男人过来和她行贴面礼，左边一下，右边一下。我不满地对他叫了一声。他举着手里的酒杯对我说："泰山，你要学会接受，你的女主人不完全属于你，要不然，和像她这样美丽的姑娘一起生活，你会吃醋吃到酸死。"她则爆发出一阵很久没有过的哈哈大笑。

在回去的路上，幸亏她开着窗，因为她的身上留下了黛安娜主人的气味，我对那气味很敏感，直到她换掉那身衣服后又过了两天，那种气味才逐渐消失。

◇一丁

罗伊不愿意约在咖啡馆里，而是约在离我较近的地中海边。

我带着泰山，和他在阳光明媚的海边散步。十二月的艳阳天，天和海都蓝得透彻，仿佛是互相被对方的颜色染成的，气温并不算低，地中海海岸几乎空无一人。泰山和罗伊见过面打过招呼以后，就自己疯狂地追咬着海浪撒欢去了。

海的气息和阳光的气息让人安宁，我们静默地走了几分钟，罗伊终于打破了沉默。

"你知道吗？你丈夫是我手下最出色的小伙子之一，他能结婚、娶你，我为他高兴了好一阵。"

"谢谢你！"我不知道他们的情报机构当初查我的时候得到了什么样的信息。

"而且你愿意离开中国，来到以色列生活，离开自己的家，需要勇气。"他看着我，几乎是慈爱的表情。

"你一直是他的上司吗？"我问。

"嗯。从他进入这一行开始，我就一直是他的上司。"他笑笑，又说，"都快二十年了，我也老了。"他说着话，摸摸满头的白发。

我忽然意识到在这个超过六十岁的老情报工作者面前完全不用绕圈子，也没必要斗智斗勇。罗伊以这样的方式见面，还有他见面以后更像一个父辈的开场白，让我忽然毫无顾忌地想和他谈。过不了多久就是我们结婚三周年的纪念日，这段婚姻来得始料未及，除了短暂的幸福，就是平淡生活中的煎熬和挣扎，但是我欲罢不能，因为在这些挣扎和煎熬里，我越发意识到那短暂幸福的可贵。

"他为什么那么多年没有结婚呢？"我记得他告诉过我，他努力过，不过没有成功。况且，我设想罗伊不会以"他一直在等你"这样幼稚可笑的答案来敷衍我。

"嗯。我虽然是他的上司，但是他的私事不属于我管辖的范围。我们这一行，因为涉及保密制度，相对于其他行业，可能会了解一些工作人员的家庭及配偶情况，但是纯粹的私事只要和工作没有关系，我们从来不插手。"他这样的回答，相当于把我接下来可能要问的问题也一起答了，采取这样主动的方法，反倒让他看起来更有诚意。

"他最近出差，比以前更频繁了，我想问你，你知道原因吗？"

他停下来，并没有看我，而是低头看着脚下被海浪冲刷的光滑细腻的沙滩。他思索一会儿，又开始迈动脚步："实际上，我非常感谢你联系我。最近，他又提出来辞职。你知道，要培养一个像他这样的人员，实属不易。我的意思是说，他目前干得相当出色。我知道你无法了解他的工作，不过，以他这个年纪和目前的职位，是前途无量的，你自己选择的丈夫，你一定知道他的能力。"他抬眼看我，眼里是一种肯定的褒奖。

"又提出来辞职？"虽然当初是他选择了我，但是，这其实已经不重要，我礼貌地等罗伊说完，才抛出我认为非常重要的疑问，并重重地加强了"又"字。

"是的。"他没能成功地掩饰惊讶。

"那已经是第二次了？"我也没能掩饰自己的失望，他从来没有和我提起过这件事情，我在心理医生面前对我们夫妻彼此彻底信任的确信忽然变得摇摆。

"第一次是两年多前，他很郑重地提出辞职。我能看出来，他是深思熟虑过的，不过我和他长谈了几次。说实话，他要找到另外一份工作并不难，但是，对我们来说，是非常大的损失。我当时提到，他要是有任何条件，我们都可以认真考虑。"

我心里说，他工资单上的数目好像并没有提高太多。

"他并没有要求加薪，他的薪水是按照规定来涨的，他也并没有提多么苛刻的条件，只提到他的出差时间要完全由他自己来决定。"

我一面惊讶于罗伊的犀利，一面在脑子里推算了一下时间，那应该是我婆婆自杀后不久。

"我当时以为他结婚后不太愿意那么频繁地去欧洲，所以就同意了，不过结果正相反，他反而抢着去欧洲出差。"罗伊这时候看了我一眼，我的脸上，除了沉思，没有显示更多的信息，但是我的心里翻江倒海地刮起了风暴般的对自己的嘲笑——我太相信这段婚姻了。"我那时候很想接触你，因为我确实不想失去他。当然，你们都是成年人，而每桩婚姻都多多少少会有些风雨的，你们自然可以应对。我也知道，这对你们俩都是一种挑战。你是外国人，以色列不是一个谁都愿意来生活的地方，何况他经常出差。嗯，一丁，你要知道每桩婚姻都有风雨，在我周围人的婚姻中，不仅仅是风雨，甚至很多经常是暴风雨。"我依然被自己对这段婚姻的错误判断搞得心慌意乱，未置一词，他关切地看着我，继续轻声说，"直到一个月前，他又提交了辞职书。这一次，是直接提交给了人事部，而抄送给我。他这样做，显然是去意已决，我感到无能为力。"

暴风雨后，我心里凉凉的：他自己主动抢着去欧洲出差！他居然两次提出辞职，却从未和我商量过。

"显然，他没有和你商量过。"罗伊紧盯着我说。

我忽然有一种回到裸露身体给人画画时候的感觉，这个老练的情报人员仿佛能读懂我脑子里的思维电波。

"基于对他的了解，我知道他的生活里就是工作和你，虽然猜测到他再次提出辞职可能跟你们的婚姻生活有关，但那也是仅限于猜测，不过你一和我联系，我立即完全确认了我的想法。"

我依然在情绪的狂风暴雨中摸不着方向，很多年，我关闭了画画以外的外部世界，付出绝对的信任是我能支付的唯一一件超级奢侈品，如果被给予这件奢侈品的人并没有像我以为的那样珍惜它，我将如何看待输得一无所有的自己？

"这其实给了焦头烂额的我一线转机，我们需要他，人事部门也在做工作。当然，因为你丈夫是我一手带出来的，我们之间，除了同志和同事情谊，还有些父子情在里头，所以，人事部的人在等着我挽留住他。"

我想起罗伊在他的电话薄里是以"泰山"之名存在的，而我告诉过他，在中文里"泰山"还有另外一层意思。

……

"孩子，你能说说吗？我和我妻子结婚近四十年了，我也许有资格给你出点主意。"

我看着他，他那声"孩子"叫得我想哭。但是，我还是无法抛出这句话："我们结婚六个月后，他母亲自杀，从此他就阳痿了，而我，我杀掉了我们那个本该存活下来的孩子。"

他搂一搂我的肩膀，示意我继续跟他散步。

这还不是全部，现在，我貌似找到了解开这些一环套一环的死结的信息，可是这样的信息，他未必会信，如果他信了，我就可以从内疚的深渊里伤痕累累地爬出来。可是很快，他就会跌入另一轮无解的痛苦的黑暗深渊：一个儿子如何面对母亲伪装自杀，只为了伤害自己的亲人的事实？或者，一个母亲，纳粹大屠杀幸存者，是对生活如何地失望透顶才会这样做？

"你们决定结婚的时候，他给我打电话，电话里听上去，他甚至比我十几年前通知他正式进入我这个分部时还兴奋——要正式进入我这个分部，他得有三年实习期，这中间有各种'考核'，非常规的、你可能难以想象的恐怖'考核'。"他意味深长地看了我一眼，又说道："我那时候知道，我们要是在调查你时发现你有'污点'而不合适，那我很可能会失去他。感谢上帝，我们发现你完全没有'污点'，所以，我松了口气，着实为他高兴了一阵子。"

"你知道他母亲的事情吗？"我忽然问。

　　"他母亲？"他显然没有预料到我的话题会从他忽然转到他母亲。

　　"对。我们结婚半年后，他母亲去世了，他第一次提出辞职的时间，应该在他母亲去世后不久。"

　　"孩子，你是说，他辞职是因为他母亲去世吗？"

　　"罗伊先生，你认识他母亲吗？"

　　"请叫我罗伊。我们在接收他以前，肯定要对他的家庭有详细的了解。我知道他父亲在第一次黎巴嫩战争中阵亡，妹妹远嫁，母亲做简单的秘书工作。不过我没有和她见过面，但是我隐约知道，她不赞同他做这个工作。"

　　"我现在想起来，她去世的时候，你没有来拜访。"

　　"是的，我的身份不太方便，如果我去拜访，很多人就会知道他在情报部门工作。"

　　"你知道他母亲去世的原因吗？"

　　"孩子，你是在提醒我我该退休了吗？"

　　"不，不，我知道你有很多比这重要得多的事情，我的意思是说，她不是正常死亡的。"

　　他望着我，等着我继续说下去。

　　"她是自杀而亡的。"

　　也许是因为我的铺垫，他没有显露任何惊讶，他必然是一个非常合格的特工。

　　"我以为是你们的婚姻出了问题。他从来没有和我说起过这件事。"

"我们的婚姻是出了问题。"我盯着他说，他也回盯着我。

"不过，我觉得我们婚姻的问题是和他母亲自杀相关的。"

他依然看着我，未说一个字。

"罗伊，我觉得，我还没有完全准备好和你说这些事情，但是，我在看心理医生，已经一年多了。"

他依然没有惊异的表情，像我的心理医生听到我那些鬼魅的梦时一样。

"要是你愿意帮我们，你能抽出时间跟我一起与心理医生见一面吗？"

"当然，孩子。"他立即说。

◇ 泰 山

他再次出门的那天晚上，带我出去散步。本来她是和我们一起的，不过她刚一出门就愁眉苦脸地捂着肚子跑回去了。

他和我一路走去白桥。天色已经暗下来了，他一路唠唠叨叨地说话："嗯，等着，泰山，等她上海的画展结束了，我应该就能办下来辞职手续了，我多么高兴我帮她办成了这次画展，这对她是莫大的鼓励和安慰。到那个时候，我们会去旅行，当然，泰山，那时候，你需要住在旅馆里。

"看在上帝的分儿上，我们不会再把你托付给任何一个不负责任的人。我相信你在旅馆里肯定不如在家里舒服，不过，泰山，那没有什么，你会习惯的，至少你能交到新的朋友。

"泰山，你是一只乖狗。"

他边说着话边来摸我的额头。我抬头去看他，本来以为会得到一个奖赏，通常她在赞扬我是乖狗的时候，总会抛给我什么零嘴。

"泰山，我相信，她不需要什么心理医生，她其实是需要我，只有上帝才知道我是多么需要她，但是我的大脑服我管，我的身体可不。"

我本来一开始还认真地听他说话，注意听他的废话里有没有夹杂指令，听了半天没有听到任何指令，而当他表扬我是乖狗的时候，我也没有得到零嘴，便逐渐对他的话失去了兴趣。

　　他絮絮叨叨地说，我不耐烦地往前快奔，前面几百米就是步行区，走到那里，我就可以不用戴着链条了。

　　我看到如雪从白桥那边远远地走过来，我无意上前和她招呼，我心里想着的是弗洛伊德。

◇一丁

和罗伊一起在心理医生那个舒适的大房间里坐下的时候，我第一次相信，也许这次治疗会很快结束，而我们的婚姻也许很快就会结束，也许能在重新建立信任的基础上存活。

实际上，我在那里实属多余，因为有很多时候他们在用希伯来语交流。罗伊解释说，因为我是外国人，有些部分，对我而言，属于敏感问题，不知道最好。

虽然学习过一段时间希伯来语，但是除了听到他的名字，对其他几乎一无所知，另外就是"考核"二字，因为被提到很多遍，而被我听了出来。

大概半个小时以后，心理医生请罗伊去房间外面的廊下小坐等候。我看到外面下雨了，那是冬季以来第一场真正的雨水，沙漠里的人和植物都一直在等着这样一场初雨，初雨在以色列就像节日一样喜庆，而我渴了这么好几年，我在等待什么？一场自己错判了的奋争？一个自己终究无法把握和了解的男人？一段绚丽却早已结束的爱情？我看到罗伊清瘦的身子坐在廊外的摇椅上，轻轻摇摆，而弗洛伊德和泰山趴在那里和他一起看雨，场面非常温馨，俨然一幅好画的初稿。

我的心理医生告诉我，根据罗伊提供的信息，因为工作压力巨大，局里的情报人员每年都有一次心理评估，心理评估包括一些专业考试，可以说是专门为情报部门的人设置的，非常全面，不过我的他并没有显示出什么心理问题。

然后，我被告知可以离开了，他和罗伊还有一些话要继续谈，他希望他能再和我见一次面，就结束这一疗程。我看着窗外的雨，问我的心理医生，能不能将泰山留下来，和弗洛伊德待着，我去趟城里，晚一些回来接它。

我去和罗伊告别。他轻轻地拥抱我，并在我耳旁说："孩子，我确定，一切都会好起来。"我和泰山以及弗洛伊德别过，去赴阿龙的约。

◇ 泰山

我终于和弗洛伊德做了那个好玩的游戏，游戏刚做完，就下雨了，我往屋子里看了看，他们并没有关注我们，好像屋子里在进行些什么特别有趣的事情。

我想从此以后只和弗洛伊德玩这个游戏。北边的那些小母狗虽然和我长得一样漂亮，但是，我得在铁盒子上坐好几个小时，而且每一只母狗都并不会像小茉莉那样温顺且配合，有时候我需要追她们追到筋疲力尽。

和弗洛伊德玩也很费劲，她的块头太大了，但是她那么温厚善良，而且身上的气味天下无敌，无论怎么样辛苦都值得。我们双双在廊下趴着看雨，我相信弗洛伊德一定从我的眼神里看懂了我对她的感情，我们狗狗要是心有灵犀，只需要互相看几眼就行了。

那个有木头气味的老头儿出来了，坐到一把椅子上，咯吱咯吱地摇起来。

我觉得累，就着雨声和咯吱声昏昏欲睡，却见弗洛伊德忧郁地盯着雨水发呆，我把头靠到她的前腿上，投出询问的眼神。她斜着眼看我一下，依旧盯着雨。难道她不知道，我心意已定，以后只找她玩吗？这时候，那老头儿伸出干瘦的手来抚摩我，并且没有免俗，开始唠唠叨叨："泰山，唉，我想我是不是该退休了，我居然没有发现那次'致命'的考核测试影响了他那么久，从一开始起到现在，这些年，他都经历了什么？泰山，你知道，我们那些心理医生都是摆设，他们根本没有关注真正的问题。泰山，我们要谢谢一丁，你的女主人，要不是她，我就要失去我这个分部的精干分子了，这可不是闹着玩的。泰山，你有个非常特别的女主人，相信我，她一定可以帮助他。你要知道，很多时候，我们都不知道自己多么强大坚韧。"

这时候，我的她推门出来，过来先拥抱他，然后抚摩我，说："你要好好地待着，我等下来接你。"

◇ 一丁

　　我本来只答应阿龙晚些时候的酒吧之约，但是因为早早地
结束了和心理医生之约，加上可以让泰山和弗洛伊德待在一起，
我乐得和他以及在狗狗派对上提到的一帮艺术家一起吃晚饭。

　　晚饭的地方，是在一个像工厂一样的大棚子里，从外面看像
大棚子，一走进去，里面却是一家完全开放式的餐厅，空间非常
宽敞高阔，装修充满着野性却注重完美的细节。几个戴着高帽子
的厨师在棚子中间的开放式工作台上忙碌，一堆人围着，有客人
也有服务员，甚至不时有客人用手从工作台上拣东西吃，各路
人马认识或不认识的相谈甚欢。大堂内美女如云，每桌都摆着各
式酒水，服务生来回穿梭，正在提供开胃菜。整个空间色香味俱
全，气氛颇适合所谓的艺术家或者寻求另类氛围的人士。

　　阿龙一见我，就夸张地对我叫："蜜糖，在这里，我们多么
高兴你能参加！"我挤到他们那张桌子，装模作样地和阿龙行
贴面礼，他那该死的香水气味立即就盖过了美食气味。他一一
介绍另外两个画家、一个歌手，还有一个电台主持人。画家和
歌手是在狗狗派对上已经见过的，虽然叫不上名字；那个电台
主持人是女的，声音格外性感，时不时用极具诱惑的嗓音冒出
一些卓越见解。而我立即就可以断定她是同性恋，她的皮肤和
头发的颜色都偏黑，像一颗黑色的珍珠在一堆白种男人中闪闪
发光。

　　还好，这些已经喝上酒的艺术家，都不像阿龙那样对我追

根究底，席间流淌着各种笑话和奇闻趣事，一会儿是英语，一会儿是希伯来语。除了阿龙和那颗黑珍珠，我对其他人毫无印象。很快我就混喝了各种酒水，开胃菜以后是三道主菜，都一一吃过了，味道确实可圈可点。喝了酒的我，忽然就变回了在芬兰时那个目空一切，只顾野蛮生长的自己：配合丰富的面部表情喧闹地说话，夸张地使用身体语言，卖弄风情地甩头发。在这些间隙，我捕捉到阿龙飘来荡去无法离开的眼神。

喧闹地吃完晚餐，出了餐厅，除了其中一个画家，一群人去酒吧。几杯鸡尾酒以后，我和黑珍珠开始对着跳舞，我们旁若无人地扭动着身体，吸引了各路眼光。我可以确定，她没有在我身上嗅到像米娜当年嗅到的气息，其他的人很快加入进来。

深夜一点的时候，只剩下阿龙和我，还有另外一个歌手。我已经吐了一次。我看着那个歌手，不确定他是不是同性恋，我可以确定他对我没有意思，他也许对阿龙有些意思。我这样想着的时候，知道自己渴望和阿龙回家，我有一瞬间意识到那是恶心可鄙的想法，可是第二次呕吐很快就来了，污物中断了我的那点正常思维。

我在阿龙的床上醒过来时，是早上刚过五点。冬天的地中海海面隐藏了自己蓝色的真相，宽广的铁灰色上飘着罕有的薄雾。阿龙拥着被单沉睡，满是毛发的身体上，留着夏天游泳裤印下的白色痕迹。我厌恶地转过头，去洗手间。

我看到镜子中像鬼魅一样的自己，看到我的世界在头疼欲裂里，在泪眼模糊中，碎成一片片，并像电影慢镜头一样缓慢而决然地坍塌。

我神经质地洗澡、刷牙。在电梯里翻出手机，发现心理医生留下的两条短消息和一个未接电话——难以置信，我居然把泰山忘得一干二净！我昨晚居然忘记了我生命里那个萍水相逢却至关重要的人和那只无时无刻不陪伴着我、帮助我找到生命难题的答案、教会我爱是责任与坚守的爱犬。

我的车在清晨几乎无人的大街上奔驰，祈望没有警察出现，因为我的呼吸里还满是罪恶的酒精成分。

◇泰 山

她离开了好长时间。夜暗下来，静，雨一下，长长的夏天好像终于结束了。我一直待在院子里，不肯进入那间温暖的大屋，即使弗洛伊德已经很舒服地躺在壁炉前了。

晚些时候，雨停了，天地黑透了。我的焦虑一层层上升：她又独自出去玩了，像上次一样，完全忘记了我会担心，还会害怕。人类就是这样，他们不遵守约定。我可以总是守着她、保护她，但是她不能，她又一次违约，夜深了也没有出现！

弗洛伊德的主人给我在廊下放了一块毯子，拍打我的肩部，他身上还带着屋子里的暖意。而弗洛伊德也不愿意出来陪我。奇怪，我这时候完全不在乎弗洛伊德了，我的她占据着我的整个脑子。我侧耳倾听院门前经过的每一辆车，试图捕捉空气里的每一丝动静，有时候睡着了，有时候忽然醒过来。

后半夜又下雨了，那只被我驱逐了一个下午和一个晚上的该死的黑猫又出现了，它在院子的角落里鬼鬼祟祟，反复试探。我心里猛地升起一股恶气，跳起来扑上去，那只猫却不紧不慢地蹿到一丛三角梅后面，它一定以为我无法进入那里，侮辱般的嘲笑让我不顾一切地挤过去。但那只猫不见了，我却发现院子角落里那丛三角梅后面有道缝，那道缝可能对弗洛伊德来说太小了，但是对我来说完全不是问题。我试探着，发现两边的墙没有完全触到我的胡须——那是我用来测试我的身体是否能通过的法宝。我挤出去，对那只讨厌的黑猫忽然失去了兴趣，我张大鼻孔，辨别着风中的气息，撒开腿跑起来。

　　我闻到了风里迷迭香的气息——我们仨的院子角落有那么一丛迷迭香，她总用来烤肉。我追着那样的气息，过了一条街，气息却消失了。我站在雨里，将头对着空中，大鼻子一张一合地最大量地吸取空气，这时候杧果树的气息出现了——杧果树在我们仨的院子南边阳光充足的地方。我一边嗅着杧果的气息，一边狂奔，还没有跑完一条街，杧果的气息也淡了。雨这时候又下起来，打到我的眼睛上，但是我依然最大限度地放大和收缩我的鼻孔。终于，百香果的气息又浮起来了——我们仨的院子靠东的那堵墙上全是百香果。过了两条街，我仿佛又闻到了玫瑰花的气息，不过现在这个季节，我们仨院子里的玫瑰根本就没有开放……

　　我一直追着风里各种植物的气息，有那么一瞬间，让我极度兴奋的是，我好似闻到了花椒的气息，这让我欣喜若狂，因为我知道，我从来没有在其他任何人身上闻到过花椒的气味，也只有我们仨的院子里有花椒树。为了避免那种气息再次在风雨中消失，我撒开四条腿，朝着飘来气息的方向狂奔起来。拐角处有一个黑色的大盒子也在飞奔，我们的速度都很快，这一次，即使用我的大尾巴极速地打圈，我也没能及时停下来……

◇ 一丁

　　我回到家，没有泰山惯常的狂喜欢迎仪式。天亮前的院子显得特别空旷，平常总是阳光充足，那天却在阴雨蒙蒙中显得异常宁静，仿佛一整个夏季的焦灼瞬间融化。我的画架寂寥地站在廊下，架子上是那幅还需要补上最后一点细节的绝美地盛开在阴暗的河水上的莲花。我站在玫瑰园前，意识到我不仅背叛了他，还背叛了自己——我曾经非常坚韧，很多年都是！我输给了我自己的母亲，因为她从来就没有真正地相信过我，她一直用自己的双眼，在我身上生生地勾画出了我父亲的影子；我还输给了我那个永远也不会再张口说话的婆婆，在她的眼里，我是一个不信教的异类，一个没有信仰的人，会因为害怕而放弃自己的孩子，其他任何事情都是空谈……我坐在廊下，提着血淋淋的手术刀，将自己体无完肤地解剖了很多遍，仿佛千刀万剐都嫌不够解恨。天慢慢亮了，我从廊下站起来，进到房子里，又洗了一次澡，又刷了一遍牙，换了衣服，喷了香水，甚至化了淡妆。我看着镜子中的那个女人，她曾经有不快乐的童年、超级不幸的原生家庭，但是出人意料地拥有半年幸福满满的婚姻，可她是如此软弱，多年的外强中干都在这一夜被击得粉碎。

　　确认自己没有宿醉乱性的任何痕迹后，我站在玫瑰园前，掐着时间，等着过了八点就可以给心理医生打电话，前去接回泰山。

　　接近七点半，电话响起来的时候，我正端着咖啡，站在玫瑰园前，借助咖啡因，脑子里试着把那些碎成片的世界稍微地用忏悔、自责和遗忘混合的胶水胡乱黏合。不是心理医生的电话，而是一个陌生的号码，来自我心理医生附近的那家宠物医院，说是有人一大早送来一只狗——白色的，它的脖子里有从小埋下的芯片，电脑扫描显示，我是它的主人……我那正在试图被混合胶水黏合的世界，再次轰然垮塌，我向我的车跑去，耳朵一直嗡嗡地乱鸣。

　　我在飞驰向宠物医院的时候，看到心理医生打来了电话，他一定是早上醒过来发现泰山不见了。只是几分钟前，我还在扛着这个巨大的难题：如何能合理地解释，我昨天为什么没有去接泰山，不仅没有去接，连请对方代为照看的短消息也没有发，什么样的解释能瞒过一个心理医生？这个心理医生知道我的所有秘密。现在，这个难题早已经不存在了，因为出现了另外一个恐怖的可能：我那只心爱的爱犬——它陪我度过孤独寂寞的时光，帮助我找到解决人生难题的秘密，教会我找到责任和需要的意义——它正躺在一家宠物医院里。发生这样的悲剧，都是因为我一时的软弱，我很多年来的坚韧强大，今天居然以这样的宿醉乱性画上句号，一夜情可能没有那么罪恶，但是我深爱着一个男人，而我是他深爱的妻子。

　　我一路狂奔，一路潸然泪下。

　　闯入宠物医院那道玻璃门，我就看到泰山躺在敞开门的手术台上。

我一走近，它就将黑眼睛转向我，它大大的黑眼睛里，只有微弱的光，却看上去深不可测。他们并没有给它做任何手术，它看上去异常安静，它的双眼里没有责怪，它一定竭尽全力守着这一缕微光。它在等我，它黝黑的眸子背后，一定有一个灵魂，那个灵魂，现在也感觉到疼吗？

我的眼泪和鼻涕一起无声地倾泻而下。

"我们给它打了止痛针，"有个少女用难过的声音说，"大卡车撞到了它的头。"

我看到手术台旁的垃圾桶里有满是血迹的毛巾，泰山被雨水打湿后的毛发气味混着血腥味弥漫在整个空间里。我伸出双手，捧着它的脸。它再次抬起眼皮看我，它的眼神安宁祥和，里面没有任何责怪。

我轻轻地抚摩它，像它喜爱的那样，从双眼下方那一块斜着往下，越过唇吻，一直到脖子。它半闭着眼，张开嘴，伸出舌头来，显示它的满足。我把脸贴在它的脸上，泣不成声，男医生和女孩一起来拍打我的肩膀。

它最后将舌头长长地伸出来，舔到了我的脸，它正在失去温度的舌头，慢慢地舔去我脸上的鼻涕和泪水，然后，叹息一声……

◇ 泰山

我是一条纯种的瑞士牧羊犬，叫"泰山"！

当然，我还有很多小名，这些名字因为她变幻莫测的心情而异：宝贝、疯狗、甜心、帅狗、坏蛋、神犬、乖狗、好孩子、捣蛋鬼、淘气包、天杀的、胆小鬼、我的妈呀……不一而足。

从这些名字，你可以知道，人类的情绪，特别是女人的情绪，比狗狗复杂混乱多了。而我其实是一只极为简单的狗：吃、睡、玩。这三大要旨是我狗生的全部追求及意义。作为一只狗，我恪守最重要的一项原则：她是我的主人，他是我的玩伴。所以，有时候，极为无聊，我只会去解开他的鞋带，或者用牙齿和他的脚后跟交流，以催促他和我一起玩耍。但是对她，我只用眼睛而不用暴力。我这么做，是因为我爱她。

我爱她，这种爱，是你们人类的理解力远远不能抵达的。

我知道"坐下""趴下""过来""吃饭""尿尿"等初级指令；我也知道各种中级指令，如"握手""待着""闭嘴""翻滚""出去""叼过来""爬过来"；我还知道另外一些高级指令，如"擦擦"——进门前摩擦地上的垫子，发出声响，以让垫子高兴；"关门"——进门后用双腿搭在门上，使劲一扑，发出"嘭"的一声，以让门高兴；还有"眨眼"这种顶顶高级的指令，在我的她需要作出判断的时候，我需要眨不同的眼睛来表达我的意见，以让她高兴。

对于高级指令的执行情况，完全要看我的心情，如果那一天我吃好睡好玩好了，大抵都能顺利完成，因为我除了能准确无误地通过人的眼睛、语气、表情和身体语言感知人的情绪外，也有自己的情绪。

最重要的是，我还知道我的宿命。

我一直希望，她不仅能让我吮吸她的手指，还能让我舔到她的脸。那一天，在我生命的最后时刻，我做到了，这真是让我满意的一件事情。

我那么爱她，我爱着她的程度，是你们人类的理解力远远不能明白的。

那是我的宿命：我在蒙眬中，看到她一手牵着一个孩子，从我们仨的院门进来，我将我的大耳朵放低，贴在额头两侧，摇头摆尾地跑去迎接她，用我的长鼻子去触碰她的手，说："嘿，我在这里呢。"她完全没有感觉到，没有唤我的名字，也没有用手来抚摩我。

我知道，那是我的宿命，虽然我一直想和她的孩子们一起在院子里追逐，当我把东西叼回来给他们的时候，他们会击掌欢呼，好像我做了一件多么了不起的事情……

◇ 一丁

我主动给我的心理医生发了一个短消息，说，泰山自己跑回家了，谢谢他那晚的照顾。他后来给我打过电话，在他的秘书和我预约最后一次见面被我拒绝之后，我并没有接他的电话。不知道是不是心理医生告知了罗伊什么，罗伊再次电话约我，这一次他居然直接到我的家里来拜访。

我拉开门的那一瞬间，他惊骇地望着我，说："你瘦得厉害。"

泰山死后，我几乎有一个星期无法睡觉。一个多星期以来，在那些短暂地打盹儿的时候，我总梦见泰山；醒来时，总以为它还在床尾等着我带它出去溜达。白天，老觉得它在房子的某一个角落，除了空气里偶尔的一声叹息，它总是那么安静，它的言语，都藏在黑眼睛背后的那个灵魂里。我甚至无法圆一个谎言，告知在欧洲某个角落的他，泰山，我们仨里的一分子，早已经不在了。

"我的狗死了。"我说，居然咧嘴笑一笑，"你还记得吗？它的名字叫泰山。"

罗伊张张嘴，没说出来什么，我将他让进门来。

我快步走到厨房里，问："咖啡，还是茶？"我背对着他说话，试图控制自己因为提起泰山而产生的悲伤情绪。

"咖啡。谢谢！"他在桌子旁坐下来。

水很快就开了，我将咖啡放在他面前，试图平静地说："它是因为我的过失才死的。"眼泪终于滑了出来，我紧紧咬着牙，憋着不让自己哭出声，同时看着他，像溺水的人看着最后一片蓝天。

"孩子。"他试图来握我的手。

我终于没能憋住，咬着的牙忽然被内疚和悲伤冲开了。

"孩子，你知道这个世界上比仇恨更能腐蚀心灵的是什么吗？"

"是内疚和负罪。"我毫不犹豫地说，涕泪汹涌而下。

他干燥而瘦骨嶙峋的双手紧握着我的手，静静等我哭完。我看到他温暖的手上的老年斑像大小不一的眼睛，全都静默地审视着我。

"一丁，"他声音低沉，"你虽然是坚强的孩子，但是，你也要允许自己犯错。"

我深深呼吸了几口气，从桌子上的手抽纸盒里拉出几张纸，擦干自己脸上的泪痕。他来，一定有什么事情要告诉我。

他静静地喝着咖啡，等我擦干净脸，然后说："我进行了一场思想斗争，我认为我应该告诉你一些以前的事情，是关于你丈夫的。"

我点点头，脑子里依然在想，如果他知道了泰山去世的前因后果，不知道他会怎么看眼前这个出轨的女人。

"在我们这个机构里，要进入我这个分部，并不容易。长话短说，除了特别的技能，比如非常地道的语言，还要够聪明、反应够快，因为我们特别谨慎，所以考核非常严格，试用期为三年。在三年的最后那一次考核，会分派任务，这样的任务不仅仅是考核，还是——"他停顿了，然后认真地盯着我，好像要看我是否意识到他究竟在讲什么，"这些考核，实际上是实战演习。"我的思维终于离开了泰山，回到罗伊这里，想起他和心理医生见面的时候反反复复地出现的那个词——"考核"。

"你丈夫当时的考核任务非常不简单，而我们出于安全考虑，在他周围安排了我们分部的女孩子，原谅我不能提到她的名字，她当时已经是老员工了，作为掩护他的角色存在。近三个月了，他们都做得很好，可以说非常好，没想到事情发展到应该结束的时候，突然失控了……"他少有地叹息一声，"这些年来，每布置一次任务，我都试图避免那样的未知失控，但是这个世界是未知的，且凶险……嗯，在那样失控的危情下，他和那个女孩陷入了非常可怕的困境……"他又停下了，盯牢我，我看到他眼里升起了我从来没有见到过的忧伤。

"为了从那个困境中摆脱出来，为了救他自己和她，他们一起轮奸了她。"

"他们？"有一股无形的强大力量压迫着我，使我的后背紧紧地贴在椅背上，胸腔也被紧紧地挤压着，无法呼吸。

"是的，他们，好几个人……包括他。"

"……"

"孩子，我知道，这难以接受，但是，我想，这件事情，你应该知道。"

"……"

"事后，我们对整个事情做了调查，应该说，他所做的反应，是在当时的情况下唯一可能的也是最聪明的反应，甚至作为受害者的她也完全同意，因为如果他不那样做，他和她就会有生命危险。"

"你还好吗？"他停下来，看着我。我一言不发，示意他继续说下去。

"我们通过了对他的考核，当然，也有后来的心理核查——在我们这个部门，因为工作带来的压力，每年都需要对员工进行一次很系统的心理核查，只有通过了这次核查，才能继续工作。

"在当时看来，事态虽然失控了，出现了完全没有预想到的结局，但是毕竟结束了，大家都以为可以忘记这件事情而继续往前。问题出现在那以后的第二年，那个女孩子没有通过心理核查。在那以后，我们通过一些训练和帮助以及心理治疗，试图让她恢复过来，不过并没有成功。她在两年后退出了我的部门，我是说，完全退出了这个领域，因为她根本不能胜任这种工作了。"

"然后呢？"

"她退出以后，自己的家庭生活和工作都不算顺利，她在几个月前刚结束了自己的第二次婚姻，现在一个人带着两个孩子生活。这些，你丈夫都是知道的。我相信他和她几年前开始联系，如果我没有记错，应该是在你婆婆过世以后。在这一点上，他在帮我。对于那次发生的事情，我也内疚，不过因为我相信我们任何一个人都会让她想起那次几乎失败的任务，所以我决定不和她保持任何联系，我相信他很多年也是这么想的。为什么他在你婆婆去世以后忽然决定开始和她保持联系，也许也是因为同样的原因，也许他想帮助她和他自己，面对这种失败以及它带来的负面反应，我相信他是我们所有人里最内疚和负罪的一个。你的心理医生提到，这是积极的应对措施。"

那些星期四和账单的谜案，现在完全清楚了，他和我，我们对彼此保守秘密，只是为了保护对方不受到伤害。

"他一直没有结婚，我曾经以为是因为这件事，所以，他和你结婚的时候，我也做好了如果你有'污点'就放弃他的准备：毕竟，对犹太人来说，成家、有小孩，是人生最重要的一部分。再后来，从你的心理医生那里得到的信息，让我肯定，他很多年没有结婚，是因为这件事情的后遗症。这个后遗症因为遇见你而不治自愈，但是我相信你婆婆的自杀再次引发了它。我不明白我们那些心理医生是如何让他顺利通过考核的，并不是说他的后遗症一定会影响他的工作，我只是从来没有想到过这一层，这是我的失误。或者说，他隐藏得很好。"

我一脸平静地看着他，现在已经完全明白了，为什么我是他的"灵丹妙药"。罗伊说完这一段，把杯子里的咖啡都喝光了。

"我们昨晚通了电话，他告诉我这是他最后一次在欧洲执行任务，他辞职，势在必行。我知道这次肯定留不住他了，思前想后，还是决定来跟你讲这件事情。因为，一方面他是我多年以来最中意的员工之一，另一方面我对他还有私人的感情。虽然他执意要走，但我还是想告诉你这些，因为他很快就不会在我的部门了，而你是他的妻子，你们将在一起生活很多年，你有权知道这件事情，这将有助于你帮助他，他需要你帮助他。

这也是在帮助我，当年在他的考核过程中出现的'意外'，是我职业生涯里最不能释怀的一件事，这件事这些年来一直烙在我的心上，不仅仅那个女孩是受害者，你丈夫也是。"他紧紧地盯着我，像一个父亲请求你照顾好他的孩子。

"我不够格。"我说。我绞着双手，想着，如果这次对话发生在以前，在泰山死去以前，在我去找阿龙以前，在所有的谜底揭开以前，我心里知道自己完全可以信任他以前，那将是多么不同啊。

"孩子，你对他意味着什么，也许你并不知道，你要和他一起经过很多岁月才能看到自己在他生命里的角色和分量，也才能看到你自己的力量。我相信你有这种力量，你有时候从来不知道自己的力量如何强大。他当初执意娶你，一定有他的道理。"

"你知道泰山为什么出事吗？那天晚上，我没有去接它，我在别人那里过夜……"一整个星期以来，如此急迫地想要控诉并审判自己的冲动，现在终于得到了释放。

沉默。他等着我再次爆发并哭泣完，收拾干净自己的脸。

他握着我的手，盯着我的眼睛，声音温和地说："孩子，你知道吗？在这个世界上，或者是在夫妻关系中，性没有你们想象的那么致命，性只是我们身体的一个弱点，在必要的时候，为了保存身体，或者为了保存灵魂，性是应该被牺牲掉的——不管是你还是那个女孩，以及你丈夫，都应该意识到这一点。为了生存，我们不应该被身体所束缚，就像我们不应该被内疚、负罪感绑架一样。我的意思是说，在别无选择的情况下，应该这么想。"

这次我没有哭，我看着他，我要自己相信他，我也希望他和那个女孩都能相信他。

"孩子，你要知道，这个世界上，我们唯一有能力赋予其自由的，只有灵魂，对于其他事情，我们的能力都是有限的。"

我看着罗伊，从我那坍塌世界的废墟里深深吸了一口气，感到身上有了些力气。我站起来，从隐秘的地方翻出来我婆婆的那张血检报告，说："我不太确定我的判断，不过我认为我婆婆在自杀前知道自己得了血癌。"

他满脸诧异地接过去，仔细地看了好几分钟。

"首先，我不能完全确认我的猜测；其次，如果我的猜测是对的，罗伊，我怎么告诉他？她是他的母亲，上帝，她居然是他的母亲。"

罗伊看着我，再回头去看一遍报告："孩子，我想，你没有猜错。"

为什么？为什么呢？！我脑子里莫名地出现一个画面：我的母亲咬牙切齿地抽下沙发巾，提着它们走向洗衣机，而我的父亲刚刚送走他的表兄——他在一分钟前刚刚从那套不算便宜的沙发上站起来——掩上门就看到母亲，她正毫不掩饰地闪着嫌恶的眼神。我那时候在哪里？七岁的我是在厨房的门口还是在我自己睡房的门缝后，惊心地看着那对生养我的冤家？那是我第一次发现父母的秘密。

罗伊离开以前保证，我婆婆伪自杀这一事实，会被他以最自然、最不引起怀疑的方式让他知道。"我们有自己的方式，"他说，"你一定要相信我。"

离开以色列前，我为"老上海"画展画的最后一幅画是泰山坐在葡萄藤下看紫色天幕下的月亮。我极轻易而一气呵成地画完这幅画，是因为那样的场景如此清晰地浮现在我脑海里，好像我就站在葡萄藤下，看着它坐在那里看月亮一样。

离开以前，我留给他一张纸条："我想，你母亲终于原谅了她自己，正因为这样，她才结束了自己的生命，结束了那些阴魂一般的负疚感。我也准备原谅我自己，因为泰山深爱着我，因为你深爱着我。你也必须原谅你自己，因为我们注定要用那块胎记作为底色，在它上面描画鲜花，不管它是先天被刻在那里的，还是后天被印上去的，没有任何负罪感能够阻碍这朵花开放。"

我在画展上对着几家媒体冷淡地讲了些话，阿呆上蹿下跳地各处张罗。

媒体会结束以后的酒会上，有几个人拉着我说话，其中一个中年男人告诉我，他曾经从阿呆的咖啡馆里买过我的一幅画。我温柔平和地应酬着，心里从来没有停止过哀悼泰山，并祈求它能原谅我。当天卖出三幅画，那幅关于泰山的画作，我标注为"非卖品"。

第二天，我睡到午后，然后去阿呆的咖啡馆，坐到三年多前他经常坐的位置上，盯着就要冷下去的那杯咖啡，想着，他当初跟我求婚，我一惊再喜忽而又害怕；三年后的今天，如果他再一次跟我求婚，我一定不会像当年一样。

我究竟爱他什么？

是爱他身上那些烙了印的痛苦，还是那种饱饮内疚毒药后死一般的平静？是一如我那互相撕咬的父母那一道道血淋淋的在时间里重复烙在我身上的缄默和抗拒，还是爱他那死一般的平静下竟没有碎裂的生命内核，以及他那些试图爱和被爱的无畏力量？

我忧伤地想着他的时候，忽然看到他端着一杯咖啡向我走来，他眼里荡漾着当年遇见我时的神采。

仿佛幻影。

他走过来，坐到我的对面，说："你讲英语吗？"

我不能言语。

"我能请你喝杯咖啡吗？"

我依然不能言语。

他坐下来，伸出双手来抹我脸上汹涌流淌的热泪，盯牢我，说："我刚好有一个月的假，实际上，我每三年都能休一次这样的假，如果你能带我去这城市逛逛就好了，不能说中国话让我在这里寸步难行，到处碰壁……"

尾声

再　会

◇ 一丁

那天是我们结婚后我在以色列的第四个生日，他却于头天晚上出差去欧洲。午饭后，我正犯困，有人按门铃，是快递。

这个特别日子里的快递没有让我感到惊讶，让我惊讶的是，礼物是一个非常大的纸盒子，外面的包装纸上全是泰山的头像：它生气的时候，它无聊的时候，它贪嘴的时候，它叹息的时候，它睡觉的时候，它享受抚摩的时候，它凝视着我让我内疚的时候……

签字时，得知包裹来自本市。

我让那个箱子在地上等了一阵，几乎知道里面会是什么。小心翼翼地为了不撕破那包装纸上的泰山头像，我打开了箱子，和泰山一模一样的一只瑞士牧羊犬探出头来，它有和泰山一模一样的水灵灵的乌黑眼睛，双耳还没有立起，嘴里发出"唑唑"的声音，尾巴还像猴子的一样细，但是努力地左右摇摆着。这时我注意到，它尾巴上有一块棕色的花斑，和弗洛伊德尾巴上的花斑一模一样。我抱起它，它立即来舔我的手指，好像它们多么美味一般。

"你是谁？"我问，泪眼蒙眬中发现它的脖子上有一个银色的牌子在晃动。我左手将它抱在怀里，任由它舔我的面颊，右手抓住那个银色牌子。牌子正面刻着："名字，泰山二号。"背面刻着："主人，巴拉克太太；玩伴，巴拉克先生。"我们的名字后面，是电话号码。

我胃里一阵痉挛，感觉到肚子里的双胞胎忽然踢了我一脚。